河出文庫

カラダは私の何なんだ？

王谷晶

河出書房新社

はじめに

本書はカラダ、それも「女のカラダ」にまつわるヨタ話を集めたコラム本である。ヨタ話なので、本文にも書いたが美容や健康、はたまたエロス方面の役に立つことは何にも書いていない。女としてカラダを運営していること、社会から女とみなされることのめんどくささについて、ただひたすらボヤいたり怒ったりしている。

なんなのその生産性のないコラムは、と思われるかもしれない。おっしゃる通りなんですが、でも、なくてもいいじゃない、生産性なんて。二酸化炭素とうんこくらいしか生み出さなくても、ヒトが生きていくというのはもうそれだけで大事業だ。

人生に意味などない。みんななんかの拍子でこの世に生まれちゃったからなんとか生きてるだけだ。生産性なんて後付けのおまけ要素である。その方面を頑張ってる人は偉いけど、頑張ってない人だって生きてる。世に生産性をもたらさない方面で頑張ってる人だって生きてる。生命に貴賤はない。頑張りマンも頑張らないマンも、生き物として同じ土俵に立っている。

ただ生きてる。そういうカラダを肯定したい。
大げさに言うとこれはそんな本である。

初出がウェブメディアの週刊連載なので読者の反応を見てインタラクティブなネタ（釣りタイトルなど）を仕込んだり、時事ネタやネット炎上ネタなどもあれこれ取り上げているが、かっこよく言うなら「時代の空気」をパッキングする意図でそういったフレーズもほとんど消さずにそのままお届けしている。現時点ですでに若干古い話題だな……って感じのネタ（安室奈美恵《あむろなみえ》引退とか）も入っているが、当時の風を感じながら読んで欲しい。あと書いてる人がアラフォーのオタクなので古い映画とか古い芸能人のネタとかももりもり入っているが、注釈とかめんどくて付けなかったので、知らない単語があったら各自スマホとかで調べてほしい。非生産的な上に不親切な本で申し訳ないが、女子が書いた本だからってホスピタリティに溢《あふ》れてると思ったら大間違いのコンコンチキだからな。
最後に、本書の著者はシスジェンダー（生まれた時に割り当てられた性別と本人の性自認が一致している人）の女性であります。なので本書に頻出する女性、女の身体というトピックはどうしてもシスジェンダーの感覚・経験に拠った語り口になってしまっていると思うが、そこにトランスジェンダー、ノンバイナリー、ジェンダーフルイド等多様なジェンダーの人たちを排除する意図は一切ないことを記しておきます。ふざけた感じの本だけど、一介のマイノリティとして、そしてマジョリティとして、あらゆる差別に反抗するマインドから生まれた一冊であることを主張しておきたいと思います。

乳髪腹足肌尻目爪声

はじめに　3
乳、帰る　11
髪のみぞ知る　17
腹いっぱいの涙　23
足をナメる人生　30
肌は見せるか見せざるべきか　36
世界にひとつだけの尻　42
目と目で通じ合うってアリですか　48
爪を憎む者たち　55
君の地声で僕を呼んで　61

毛耳眉背手腸脳肝文性

無理、無茶、無駄毛……67
デビルイヤーは三割うまい……73
細眉の逆襲……78
背中まで四十五億年……82
自分と握手する方法……88
女の腸内会……93
男脳・女脳がここまで分かった!……99
お酒と女のデスゲーム……104
現役女子がホンネで語るアソコのサイズのウソ・ホント……109
セックス、性器、ROCK & ROLL。(前編)……114
セックス、性器、ROCK & ROLL。(中編)……119
セックス、性器、ROCK & ROLL。(後編)……125

舌
ナメナメするとき、されるとき。…… 130

匂
××の匂いのする女の子は好きですか …… 135

顔
「表情」で分かる！ 今夜イケる女子の深層心理分析 …… 140

「ヒステリー女子」はもう怖くない！ 達人が伝授する「怒った女」の究極トリセツ。…… 145

「泣けばこっちのもの」涙を武器にした女の悲惨な末路とは…… …… 151

あなたに楽でいてほしい …… 156

動
動くな、死ね、反り返れ …… 160

眠
眠れる森の事情 …… 165

心
乙女心とマジのレス …… 170

二〇一九年カラダの旅 あとがきにかえて …… 175

文庫版あとがき …… 185

カラダは私の何なんだ？

乳

乳、帰る

自宅にいるとき、私はたまに自分で自分の乳を揉《も》んでいる。と書くといきなり淫靡《いんび》な空気が漂うが、そのとき意識が向いているのは、揉まれている乳ではなく揉んでいる手のほうである。四十年近く苦楽を共にした我が乳は今やすっかりカドが取れ、でろんとした柔らかさはどこまでも手に馴染《なじ》んで心地よい。次に書くフレーズに詰まったとき、Netflixで怖いドキュメンタリーを見ているとき、今日の昼飯に何を食ったか思い出せないとき等、ほとんど無意識にこの乳の肉をタプタプさせて〝場〟をもたせている。落ち着くのだ。よくガチャガチャなんかで売っている柔らかいおもちゃ、スクイーズ。あれを揉んで遊んでいる感覚に近い。

女が乳を揉んでいるというのにその色気のない反応はなんだ、さてはお前は不感症だなと言う向きもあると思うが、乳というのは基本的に乳首以外の部分は腹の肉と感覚は違わない（例外な人ももちろんいます）。なのでスケベ映像やスケベ漫画などで肉の方を揉まれていい塩梅《あんばい》になっている描写は当然死ぬほど見ているが、普通にファンタジーの一環だなと思っている。ドラゴン、河童《かっぱ》、魔法、揉まれて感じる乳の肉。みたいな。

と、いきなり乳を揉む話から始めてしまって誠に恐縮ですが、前々からそういう話がしたかった。そういう話というのは、肉体と、その肉体の持ち主だけが一対一で向き合う話だ。この本は、そういう話をえんえんとしていく本である。

女の肉体について書かれたテキストは数多いが、だいたいは

①エロ方面

②美容・ファッション方面

③健康・スピリチュアル方面

という三つのカテゴリのどれかに分けられると思う。

エロ、美容、健康。どれも「目的」がある話ですね。マスターベーションのオカズや性行為に使えるか、いかに美しく見られるか、長生きするか、健《すこ》やかな子供を生み育てられるか、魂のステージを上げるか。そういう、「どうやってカラダを何かの役に立てるか」という情報が、日々雑誌からTVからネットからそして人の口から、メントスを放り込んだコーラのようにぶしゃぶしゃと溢《あふ》れ出てきている。肉体はそれを浴び続けている。

でも、その人の肉体は、その人のものだ。私の肉体は、私だけのものだ。あなたの

肉体も、もちろんあなただけのもの。自分の布団の上で朝ひとり目を覚ましたとき、そこにいるのは私と私の肉体だけだ。死ぬ瞬間にはセックスも美容も健康もどこかへすっ飛び、最後には自分の意識とその肉体だけがぽつんと存在し、そして終わる。自分の意識と自分の肉体が損も得も目的も無くただ一対一で向かい合う。人生にはその時間のほうが長いはずなのに、そのことについて話す機会ってあんまりないな、と常々思っていた。

何かの目的のためではなく、ただ自分の肉体を見たり触ったり考えたりしたい。何の役にも立たないカラダの話がしたい。

なのでこの本は読んでもモテないし、美容の役には立たないし、痩《や》せも太りもしないし、健康にもならない。魂のステージも上がりません。ＴＨＥ・無為。でも人の肉体なんてそもそも儚《はかな》い。百年もすりゃどうせこれを書いてる人も読んでる人もみんな死んでるのだ。無為こそ人のカラダの本質とは言えはしまいか。かの哲学者プラトンも「われらの現在の生は死であり、肉体はわれらにとりて墓場なり」っってるし。だから私も堂々と無為な話をしてギャラを貰《もら》いたいと思う。

というわけで前置きが長くなったが「おっぱい」の話です。乳房は女の肉体パーツの中でもとくに「他人目線」に晒《さら》されやすい部位。普通に服着て生活していても大きい小さい、垂れてる張ってる、感度がどうこうと勝手に頼んでもいない品評会の俎上《そじょう》に上げられやすく、場合によっては初対面の相手にすら乳房をネタに侮辱《ぶじょく》されたりする。他にも乳がん予防のためのあれこれとか、赤ちゃんに吸わせるためのなんとかとか、もちろん大事なことなのだけど、どうにも乳の持ち主である「本人」が置いてけぼりにされる話題に取り巻かれている。

故・月亭可朝《つきていかちょう》師匠のヒット曲『嘆きのボイン』が象徴的だ。「♪ボインはぁ～赤ちゃんが吸うためにあるんやでぇ～お父ちゃんのもんとちがうのんやでぇ～」から始まるあの曲。名曲だけど、間違っている。ボインは赤ちゃんが吸うためにあるのでも、ましてやお父ちゃんのためにあるのでもない。ボインがくっついてる本体である女のためにあるのだ。なぜボインの話をするとき、本体は蚊帳《かや》の外に置かれやすいのか。

あまりにも、あまりにも長い間ボインはいろいろなことの象徴として扱われ過ぎてきた。エロの象徴、母性の象徴、女性そのものの記号化。そういうのが女のおっぱいにはベタベタと、差し押さえの貼り紙のように貼り付けられてしまっている。物心つく頃から社会一丸となって貼り付けてくるこれらのレッテルを避けて暮らすのは難しいし、剝がすのもまた困難。自分の乳房を自分で見たときですら、ぱっと思い浮かぶ言葉が先に挙げた「性・審美・健康」のどれか以外であることが難しい。

自分の乳に自分でニプレスならぬレッテルを貼るのは、むなしい。全裸になっても肉体に余計なものがくっついているというのは、気持ちが悪い。せめて自分くらいは、自分の乳房に何も貼らずに対峙《たいじ》してやりたい。お前はただの私の肉体だと言ってやりたい。

いろんな役割や妄想を勝手に背負わされ、特定の疾患にも罹《かか》りやすいというやっかいな性質を持っている乳だが、一度その社会的意味や機能性や特徴を頭の中から追い出して、ただ見つめてみてほしい。ゲシュタルト崩壊を起こすほどに見つめてみれば、乳から意味が剝がれ落ちてくる。するとそこにあるのは紛れもない、ただの自分の肉体の一部だ。

意味をなくした乳に、自分で意味なく触れてみる。それは「女が自分の乳房に触れる」というフレーズから導き出されるいろんなイメージから解放された、無意味な行動だ。無意味という言葉にもマイナスなイメージがつきまとうけれど、無意味って自由だ。理由の説明も言い訳もいらない。だって意味がないんだから。

なので自宅でぼんやり無心に自分の乳を揉んでいる時間というのは、私にとって乳を真に自由を感じる、肉体を我が物《もの》として扱う大事な時間でもある。いやマジで。

自分の乳は、自分の肉体は自分のものだと思えていると、人から肉体についてウザいことを言われてもケッと思える。落ち込む前に反撃できる。あんたがあたしの乳の何を知ってるって言うんだい。こいつはあたしだけの相棒だよ。そう思える。なのでもっともっと、自分と肉体の間に無為で無意味な関係を構築していきたい。何の役に立たなくてもいい。誰を楽しませなくてもいい。乳よ、お前は私だけの肉体だ。

余談だが私は女と寝る女、つまりレズビアンなので、自分以外の乳とも幾度か対峙してきた。基本的に大きな機能は変わらない肉体同士なので、当然相手も乳の肉と腹の肉の感覚に大差はないことを知っているが、それでも「揉んでもよし」と言われると興奮と共に揉んでしまうのは、私の脳内にもまだ剝がしきれないおっぱいレッテルがあるのだなと忸怩《じくじ》たる気分になる。毎回。無為を極めるのも難しい。ちなみに相手もだいたい「人のはやっぱり揉んでしまう」と言う。「肉を揉まれたところでなあ……」と思っている同士が揉みあっているわけで、この行動はあまりにややこしいので「人の業」というフレーズで片付けておきたい。

髪

髪のみぞ知る

人類が月を歩き電気で自動車が走り中身がおじさんのバーチャル美少女YouTuberが跋扈《ばっこ》するご時世にまさかとは思うが、まだいるらしい。「髪は女の命」と言う人が。となれば生まれながらの天パで薄毛、四十手前にして早くも三割くらい白髪になりつつある私の「命」はどう評価されるのか。梅雨の時期なんかもう毎日陰毛と見分けがつかないくらいチリチリになるので、六月の私の命は陰毛みたいな命ということになってしまう。勘弁してほしい。

乳に引き続き、髪も世間様が「ただの髪」でなかなかいさせてくれないパーツである。伸ばしたっちゃあ「色気づいた」、切ったたっちゃあ「失恋した？」、染めたっちゃあ「ビッチ」、パーマかけりゃあ「量産型w」、縮毛矯正すれば「詐欺」、天然黒髪ストレートなら「処女っぽい♡」ともう全方位逃げ場なしの構えだ。じゃあ坊主はどないだ？　実際してたことが昔あるが、今度は「カルト信者（偏見）」「メンヘラ（嫌な言葉だ）」「オナベ、レズ（蔑称やぞ）」と違うレッテルがまた貼られただけだった。特に最後のは言われて胃が痛かった。確かに私はレズビアンだけど、それは男っぽくしたいとか男装がしたいということとイコールではない。でも髪を短くするだけで、人生のそんなディープなところまでいきなり土足で踏み込まれちゃうんだな。いきなり。

最近も、坊主の似合うとってもお洒落な友人が髪型と己のジェンダー観やセクシュアリティを他人に一方的に紐付けられて立腹していた。短い髪は女性性の放棄と勝手に受け取られてしまうことがある。逆に長い髪は「女」の記号によく使われる。宣言してもいないことを、髪の長短で判断され言ったことにされてしまう不気味さ。ちょっと古い小説や映画なんか見ると、長髪にしてるだけで男も「あいつは女みてえだ」とか言われたりしている。そんな、髪の長い短いでジェンダーを振り分けるのはあまりにも雑じゃないか。北欧あたりのいかついメタルバンドのおっちゃんたちは「女子」なのか。戦国大名もみんな髪長いで。坊主ヌードで物議を醸した井上晴美はどうなる（古いねどうも）。一部の他人（しかも女限定）の髪に対する過剰な妄執や陰謀説なみの勘ぐりは見ているとたまに怖くなる。髪で他人の内面をはかるな。ちゃんとコミュニケーションをとってくれ、言葉で。もしくはほっとけ。髪だけに。

正直に申すと、私は女性の長い髪が好きだ。わりと。いやごめん相当。けど、過去ショートヘアの恋人に「伸ばしてよ」と言ったことはない。それはなんというか、侵害で侵略という感じがしてしまうから。自分の好みのためにお前を変えろ／あなたの好みのために自分を変えるよという話は、こと恋愛周りでは美談にされがちだ。そこに宿るロマンも理解できなくはないけど、それが身体に関することだと、脳内アラートがギュイギュイ鳴りはじめる。けっこうヤバいことだと思うのだ。

私のために髪を伸ばせと言うのは、俺のために指を詰めろと言っているのと本質的にあんまし変わらない。大げさに聞こえるかもしれないが、大げさに言うとそういうことなのだ。そんなこと言うのもやだし、言われる立場になっても、なんかやだ。別に髪を伸ばしたり切ったりするのなんてわけもないことだけど、それでも自分の身体の一部だ。誰かのために変えるのは、つらい。相手が恋人でなく校則や社内規定でも同じ（もっとやだよね）。そういう意味で、髪に命は宿ってると言えるかもしれない。

でも、「髪は女の命だから〜」と世間一般的に言われるときの命って、そういうプライドとか自分の身体の一部だから大切なんだという意味ではなく、単純に長い髪・きれいな髪は女性性をアピールするものなんだから手入れして女の看板としてきちんとしておけ、くらいの意味でしかないんだろう。ケッ、でございますよ。髪を切ったくらいで女性性を捨てられるなら世話はないし、逆に伸ばしたくらいでゲットできるもんでもない。

しかし髪、よく見ると謎のパーツだ。キューティクルだ天使の輪だと言われるけどその実態は死んだ細胞の集まりというのがまず不気味だ。それに人体、毛は守備のため生やかしてるそうだけど、確かに頭部は大事だけどなぜここだけ際限なく毛が伸びたり、またはどう頑張っても生えなくなる仕様になっているのか。ハゲた人間の頭部はもう「守らなくてよし」と判断されたということなのか。あんまりではないか。誰がそんな大事なことを本人の断りなしに決めているのか。天使か悪魔かジェイソン・ステイサムか。ステイサムならしょうがないかな……。

とにかく、生まれながら健康で美しい髪質を持っていても、加齢や後天的なストレスや病気でそれが失われることはある。ステイサムも昔はフサフサだった。だからあんまり過剰な物語や精神性なんかを、髪に付けない方がいい。ましてジェンダーやセクシュアリティをや。もちろん自分の髪を自分の女性性の象徴として扱ったり、失恋した勢いでばっさり切るのもなんも悪くない。でも世間様の圧力によってそうするんじゃなくて、自分で感じて考えて自分で決めるのがよい。たとえ髪の毛一本でも、身体の扱いを他者の目線に委ねるのは「滅る」もの。いろいろと。

だからたかが学校だのバイト先だの会社だのに髪型や色についてやいやい言われるの、本当にバカくさいと感じる。組織の分際で一個人様の身体に口出ししようたあ、厚かましいにもほどがある。学生の頃天パ証明を出せと言われてブチ切れ非常にめんどくさいことになった経験があるけど、あのとき学校につっかかった私は絶対間違っていない。私が生きていることが私の天パの証明だ。恐ろしいことに今も茶髪証明だのを提出させる学校があると聞く。教育現場がそんな知性から三億光年離れた愚行を平気でやらかしてるうちは、日本の未来は毛染め液より暗い。

余談だが、冒頭に書いた通り扱いにくい髪質に生まれたので、今まで染めたり切ったり縮毛矯正したりとそれなりに悪あがきはしてきた。でもここ数年、自分の見た目に関しては「もうなんでもええがな」という諦念と「もしかしてこのままで充分美しいのでは……?」という無条件肯定感が芽生えてきたので、試験的に白髪も天パもハゲもほっとくことにしてみた。白髪染めという概念を人生から排除したのだ。そうと決めたら急に頭が軽くなったのでびっくりした。私の白髪は「染めないといけないみっともないもの」から「そのままでオッケーなもの」に突然変化した。気の持ちようってスゴイ。ついでに勢いでヘアスタイルも前から一度やってみたかったモヒカン刈にしてしまった。そのまま実家に顔を出したら「お前の親不孝には底が無いのか?」と言われてしまったが、アラフォーからのモヒカン、風通しがよくてなかなかオツなもんです。人が避けてくし歩きやすい。

5年経って……

ちなみに四十二歳現在は、刈り上げまくったツーブロックにブリーチしまくったプラチナブロンドが定番のスタイルになっている。人にはさらに避けられるようになった。

腹

腹いっぱいの涙

正味な話、刃渡り十センチ以内なら刺されても死なない自信がある。なぜなら腹に相当しっかり脂肪が付いているから。と言うとリアルで会ったことの無い優しい人が「そんなことないでしょう」とフォローしてくれたりするのだが、これは嘘偽りない事実である。私は身長さえあれば新弟子検査に一発合格間違いなしの体軀をしている。ソップかアンコかでいえば確実にアンコだ。まあ女は土俵上がれないらしいんですけど。それはいいとして、気になるのは「腹に肉が付いている」と言ったときの、「でもお元気そうだから」とか「気にすることないよ」みたいな慰めのお言葉だ。なぜ、慰められてしまうのか。

二〇一九年の現在も、この社会では太っていることは「ダメなこと」のカテゴリにバリバリに入れられているっぽい。最近はボディ・ポジティブというスローガンやプラスサイズモデルの台頭などで風当たりはやや柔らかくなってきた感はあるが、それでもなお「デブ」というのは罵倒語のトップクラスに輝いている。反面、近年は超スレンダーなモデルや俳優も「不健康的」と非難される場面が増えてきた。それっていいことか？　一介の過体重として意見すると、いいこととは思えない。「そもそも他人の体型について外野が口出すなや」がマイ・オピニオンだ。

昨年の頭、著作の刊行記念に僭越《せんえつ》ながらトークショーというものをやらせていただいた。人前に「王谷晶」として生身の姿を晒《さら》す初めての経験。アラフォーにしてまだ残っていたＴＨＥ・初体験である。実は当初は相当ビビってて、でかいグラサンかマスクでもしようかと本気で担当編集氏と協議していた。自分の外見はけっこう好きなんだけど、一抹《いちまつ》の不安はどうしてもあったのだ。「こんなやつが作者なのかよ」とがっかりされたらどうしよう……と。

でもそのとき出した本（『完璧じゃない、あたしたち』ポプラ社刊）（宣伝）は女子が生活していくうちにホコリのように降り積もってしまう自己否定や抑圧をダイソンの掃除機のように吸引してポイッと捨てたろう、と思って書いたので、その信念を自分で裏切らないためにも、思い切って顔丸出しで挑むことにした。普段以上にハデな服も用意して、メイクも気合を入れて特濃にした。当日の会場は満席で、トークも随所でウケて、かなり盛り上がったまま無事終了した。当たり前だけど、お客さんは私の容姿などほぼどーでもよく、一緒に登壇していただいたＢＬ研究家の金田淳子先生や私の話をただ聞きに来てくれたのだ。

でも、最初にアンケート用紙を配布して質問やメッセージを寄せてもらったのだけど、その中には容姿や体型、特に太っていることに関する悩みが複数件あった。中でも「太っている自分を肯定したい」というお悩みを読んだときに、顔出しした意義があったわと感じた。

体型の話って、ただのボディラインの話ではなくて、尊厳と自尊心の話なのだ。どんな体型でも容姿でも自信を持って堂々としていよう！　笑顔がイチバンのメイクアップ！　みたいなポジティブ話は、そりゃ間違いじゃないしそうあれたら素晴らしいけれど、でも人はルッキズムに晒される。特に女は。まだ頭に毛も生え揃ってないような時期から棺桶《かんおけ》に入るまで、「美醜」という基準で勝手にジャッジされ続ける。振り払っても無視しようとしても、あっちの方から押し寄せてくる。

自分の満足のためじゃなく、Sサイズが入らないと周囲にバカにされぞんざいに扱われるからと思って必死にダイエットする女性はたくさんいると思う。「自分の理想の姿になりたい」も「バカにされたくない、暴言吐かれたくない」も両方切実な想いだけど、やっぱり誰かの評価のために自分を変えるのは「減る」。何が減るかというと、「それくらいイイじゃない減るもんじゃなし～」ってフレーズを投げつけられたとき勝手に減らないとみなされた「何か」です。しっかり減るんだ、それは。私は減らされることに抵抗したい。自分の姿にどうすれば自信が持てるか、肯定できるか、正解は分からないけど、「減らされてたまるか」って世に向かって牙剝《きばむ》いてガルルと唸《うな》っているうちは、少なくとも自分を嫌いにはならずにいられる気がする。

また、女の腹にくっつくのは脂肪や筋肉だけではない。今回の原稿を書くにあたって、腹にまつわる言葉を辞書で軽くひいてみた。するとこんな単語がもりもり出てくるんだな。

「後腹《あとばら》」「先腹《さきばら》」「男腹」「女腹」「劣り腹《おとりばら》」「借り腹」「妾腹《めかけばら》」「畜生腹」……。

どれも妊娠にまつわる言葉で、古くさくて現代ではほとんど使われていない。と、言いたいけど田舎じゃいまだにフツーに言われてたりする。マジで。女の腹、いやさ女体全体を妊娠する機能でしか見ていないような、そして「誰の何」を妊娠したかで上下に格付けするような、底冷えのするイヤな言葉たちだ。当然、腹の中の子供も貶《おとし》めている。

本邦のファッキン・政治家たちの「産む機械」「生産性」発言に代表されるように、女の腹部はダルマ落としのようにすぽんと取り外され経済や政治のコマとして勝手にあちこち並べられたり数値化されたり、好き勝手に外野にわあわあ口を挟まれ続けている。その腹に脳みそ、つまり腹の本体である女の意思や意識が付いていることとなんて、ほとんど無視されている。「それでも明治大正昭和の頃に比べればずいぶんマシにはなってるよ」と言う人もいるけど、ちょっと気を抜いたらマッハでそっちに後退しちゃいそうな不安を感じているのだ。近年のファッキン・ダーティ政治家たちの発言とその連中を取り巻く環境を鑑《かんが》みるに。

二〇〇七年、柳沢伯夫厚生労働相（当時）の「女は産む機械」発言は大きく話題になり反発を受けた。しかしこれに怒った女たちは「私たちのことそんな風に思ってたなんて！」ではなく、「やっぱりそれが本音だったんだなテメエ！」というニュアンスの怒りを抱いていたように思う。

妊娠するとみなされる身体で世に生まれた人たちは、成長過程でみんなうっすら思い知らされる。社会に「産む機械」扱いされていることを。しかもホモ・サピエンスは単体生殖する種族じゃないのに、まるでそうであるかのように刷り込まれ、「妊娠・出産は女の問題」とナチュラルに考えるようにさせられてしまう。この、言うなれば社会単位のやわらか洗脳は、一度染まってしまうと脱出するのが難しい。女の将来設計には結婚・妊娠・出産が組み込まれているのが「当たり前」。それができない環境や肉体の人は問答無用で不幸扱い。自発的に妊娠や出産を避ければワガママとか成熟してないとか言って叩かれる。そこに各人の意識や身体の事情なんてものは考慮されず、「だってそれが普通でしょ」というほっこり真綿《まわた》がグイグイ首を締めてくる。だいたい妊娠&出産というのは「そこで終わり」のものではなく、むしろその後が本番なのに、その本番部分をどう乗り越えていくかという話は、経済面もシステム面も風潮面もなーんも整えずに「ママが気合で頑張って！」に収束されていくというお粗末さ。そら、なるわよ、少子化。ならいでか。

若い頃は、ヒトというのは時間が経過すれば自動的に「未来」に行けるのだと思っていた。でもそうじゃないのが分かってきた。ボーッとしてたら、進化はできんのだ。私はちゃんと未来らしい未来、ディストピアでもなければポストアポカリプスでもない未来が見たいし、下の世代には今より生きやす〜い発展した社会で生活してほしい。だから自分の腹も他人の腹も絶対ファッキン・ダーティ・アスホールどもの好きにはさせないぞと気合を入れてふんばる必要が出てしまった。本当は証城寺《しょじょじ》の狸《たぬき》のように揚げ物やチューハイで出っ張った腹をぽんぽこ叩いて楽しく踊り暮らしていたいのに、勝手に女の腹に手を突っ込んでくる政治や世間様にギャースカ噛み付く決意をしてしまった。土俵際のつっぱりである。負けるつもりはない。アンコ型だし。

それにしても「妊娠」という字の女推しは凄《すご》いな。一応今のところ女体しかできない行為とされているけど、はよいろんな人が産めるようにならんかな科学の力で。そうなったら当然世の中いろいろ混乱するだろうけど、そのカオスを一度見てみたい。いろんな問題が噴出するだろうが、同時にいろんなハッピーも生まれるはずで、その世界からはおそらく「借り腹」や「畜生腹」なんてひでえ言葉は消えていくと思う。

余談だが、ここまで言っといて現在カロリー制限とゆるめの運動を組み合わせたダイエットを敢行中である。痛いのよ。腰が。泣く子と腰痛には勝てない。悔しい。このまま加齢であちこちガタが出始めたら煙草をやめたり酒を控えたりするようになってしまうんだろうか。不健康を謳歌するのも体力がいるのか。でも、この先この世界がどんなふうに変わるのかもうちょっと見たいし、なんならその変化にいっちょ噛みしたいから、野菜を食って運動をして寿命を延ばそうかなと思っている。

足

足をナメる人生

次回のネタは「足」でどうでげしょね、と担当S氏にメールを送った翌日、何の因果か階段でコケて盛大に足首を捻挫《ねんざ》してしまった。いま、私の頭の中は七割くらい足首のことで占められている。超痛いから。しかし痛みでも感じてないと、普段足首とか足の指なんかをぜんぜん意識しないで生活してたんだなと気付いた。

「頭のてっぺんから足のつま先まで」という慣用句が示す通り、足の先まで気を配っている人はそれだけで全体がちゃんとして見える。気がする。私はと言うと当然ぜんぜん気を配っておらず、足の親指の根本にのみやたら長く生える指毛もフリーダムに伸ばしっぱなしの状態だ。カカトもだいたいガサガサだし、ほとんどかまってやっていない。

以前カタギの勤め人をしている友達んちに泊まりに行ったら風呂場に軽石やクリームなどのカカトケアグッズが揃っており、「ちゃんとしてるなあ」と感心したら「ちゃんとしないとストッキングが伝染すんだよ……」と半ば呆れ顔で教えてもらった。

ストッキングなんてここ十数年気の向いたときか葬式くらいでしか穿《は》かなかったので、その発想はなかったと二度感心してしまった。

女子が会社員をやる上でなぜか義務のように組み込まれてしまっている面倒事の代表といえば「化粧」だが、企業や業種によっては「ストッキング」「ヒールのあるパンプス」も義務化されているところがある。これがまたちゃんと装備するにはただ穿《は》けばいいという代物でないのがめんどい。毛の処理、カカトをすべすべにしておく、爪を整えておく、最低限この工程を経ても寝坊した朝に急いで足を突っ込むとティッシュのように裂けるのがストッキングという悪魔の布だ。ちゃんとしてないと身に着けられない物体を義務化するというのは、「社会に進出するつもりならちゃんとしとけよ」という無言の圧力を感じてしまう。女のくせに身なりにだらしないまま世に出て働くのは許さん、というご意見の象徴のような布だ。ストッキング。

パンプスも、最近は「走れるパンプス」「痛くないパンプス」などが開発されているが、何をどうしたってつっかけサンダルやスニーカーほどには楽な履物ではない。私も何度か履いてみたけど、やっぱり多少は痛いし、多少は歩きにくい。それを週五〜六日装備して、場合によっては立ちっぱなしとか歩きっぱなしとかしないといけないとなると、もうこれは一種の拷問《ごうもん》と呼んでもいいのではないだろうか。辛そうで辛くない、でもやっぱり辛い拷問。

ハイヒールやパンプスそのものは好きだ。ハイブランドの美しい靴を見たときなど、その繊細な美にため息が出る。ハイヒールを履いて完成するファッションというのもあるし、それを楽しむこともある。しかし義務的に装備して長時間立ったり歩いたりするとなると話は別。

私は、人類が発展してきたのは生活において「いらん苦労」をなるべく除外するためだし今後もそうすべしという思想を持っているので、仕事という避けて通れない事態にパンプスやストッキングという苦痛を伴うアイテムを義務化するのは超いかん、と思っている。痛くてしんどい上に、これが女体で生活する者にのみ押し付けられているのが、倍プッシュでいかん。

人類は何のために月に行ったり便器に尻洗い機能を搭載したりしたのか。いらん苦労をしないためである。パンプスの強制をしている企業や職種は反進化、非知性的とすら思う。女だけ痛い靴履いて仕事せなあかん根拠を示せ、根拠を。「そういうものだから」「マナーだから」はなしだぞ。それは「何も考えてましぇん」と同義だからだ。

少し前、ネットをうろうろしていたら気になる画像を発見した。ハリウッド女優のクリステン・スチュワート氏が真っ赤な床の上でキラキラしたドレスをまとい、自らのハイヒールを脱いで、裸足で歩いている写真だ。カンヌ国際映画祭のレッドカーペット上での一幕である。氏は数年前映画祭でのドレスコードについて「男性には要求しないことを私に要求してくるのはおかしいでしょう」と語ったという。つまりこれは抗議行動なのだ。何への？　女優、女性スタッフのみがハイヒールの着用をドレスコードとして義務付けられたことへの抗議だ。

リピート・アフタ・ミー。「男性には要求しないことを私に要求してくるのはおかしいでしょう」。

「ですよね」以外の言葉がない。ほとんどカカトが天を向きそうなピンヒールを履いて優雅に微笑む女優たちだが、同じ人間、その足が痛くないはずがない。レッドカーペットの数十メートルを歩くのだってかなりの苦痛を伴うはずだ。男優のフラットな革靴がドレスコードに適していて、美しいともみなされているなら、女優の足元にも適用されるべきなのだ。ハイヒール履かせるな、という話ではなく、選択肢がないのがいかん。女は映画祭に来たかったら拷問ヒール履け、というのは文化文明からあまりに遠い野蛮な「マナー」に思える。

同様に、勤め人のパンプス・ストッキング強制も野蛮なのだ。女のつま先が窮屈《きゅうくつ》でカカトが持ち上がってて尻がムレることで能率的になる業種以外は、しょうもない服装規定をとっぱらうべき。前にも書いたが、たかが企業だの団体だの組織だのの分際で一個人様の髪型や服装に口を挟んでくるのはたわけた話だ。にんげんはねぇ　組織

から身なりを決められるために生まれてきたのではないんだよ　にんげんが先　組織はあと　あきら

余談だが足にアレなコンプレックスがある。何がアレかというと、おっきいんです、あたし……。女性ものの靴を売ってる店に行くと分かるが、一番目に入りやすい、手に取りやすい棚に並んでいるのは23㎝～24㎝の靴。マイサイズ、25・5㎝。たいしたことないじゃんと思うでしょうが、問題はタテではなくヨコ、足の幅と甲の高さなのだ。知っ得豆知識：足の親指と小指のラインにメジャーを巻き付けてぐるっと測ったサイズを「ワイズ」といい、小さい順からＡＢＣＤＥ、ＥＥ、ＥＥＥ…で表記される。で、一般的な日本人女性のワイズは「Ｅ」らしいのだが、私はこれが「ＥＥＥＥ」、5Ｅあるんですね。5。クインテットですよ。当然普通の店では足が入る商品がなかなか見つからず、長年通販でバクチのように靴を買っている。三回に一回は坊主を引く。いつか巨万の富をゲットしてクリスチャン　ルブタンとかジミー　チュウとかで5Ｅの人を殺せそうなピンヒールをオーダーメイドするのが目下の夢である。もちろん、それを履いた日は一日十五分以上歩いたり立ったりしないで優雅に過ごす。おそらく家から歩いて二分のホルモン焼き屋などに行って終わると思う。

5年経って……

現在、普段ばきの靴はほとんどメンズの製品を買っている。VANSのスリッポン最強。

肌

肌は見せるか見せざるべきか

実家で暮らすアラウンド古希の母が最近着物にハマっている。と言っても私の千倍くらいアグレッシブでアナーキーな人なので「凜《りん》としたニッポンの淑女《しゅくじょ》」的風情は一切なく、ブーツやらベレー帽やらハデなアクセサリーなんかをコーディネートし相当フリーダムに遊んでいる。「この歳になるとあらゆる掟《おきて》破りが許される」と古希パワーをフルバーストさせ今日も自撮りに勤《いそ》しんでいるが、確かに、私も十代の頃よりはアラフォーの今のほうが着ている服もファッションに対する考え方も自由になった。いやあ大人って楽しいなあと己のモヒカン頭の伸びかけ部分をしょりしょり撫《な》でつつしみじみしていたら、Twitterで何かが赤々と燃えているのが目に入った。

議題は「四十代女のファッション」。どこかのライフスタイル系ウェブメディアで『四十代オバサン警報』の第一人者」という鬼も裸足《はだし》で逃げ出すようなハードコアな肩書を持つライター氏が「四十女はバンドT着るな、アレ着たらイタい、コレ着たらフケて見える、男受けしない」云々という記事を大量にものしており、それが折しも夏休みシーズンということもありキャンプファイアーになっていたのだった。まあ、THE・余計なお世話だ。というかオシャレの皮をかむった脅迫文である。

しかしひとつ告白すると、実は私もかつてこういう悪魔の所業（美容や健康系コンプレックス産業の広告書き）に手を染めていたことがある。今すぐ痩《や》せなければお前の家は三代祟《たた》るとか肌をキレイにしないと株価が下がるとか煽《あお》り立ててくる、ネットでよく見るあれである。カネが、カネが無かったんだ。明日の食うものにも困っていたんだ。だからきっとこの四十代女性脅迫専門ライター氏もかつての私のように三食トップバリュの塩ラーメンとモヤシで生き延びている状態だと思うので、そこは正直同情を禁じ得ない。しかしどんな事情があっても悪は悪。しょうもない内容であっても脅迫は脅迫だ。私はかつて行《おこな》った悪事のせめてもの罪滅ぼしとしてこの連載を書いているようなところもあるので、ここはケジメをつけるためにもはっきりと、そういった脅迫商売には否と言っておきたい。

ＰＶ増やしたくねえな……と思いつつくだんの四十代女性脅迫文の数々を読んでみると、どれもおおむね「四十女は身の程を弁《わきま》えて上品に地味に堅実にしかし地味過ぎないようにある程度華やかに女らしく出しゃばらず卑屈にならず年相応にそれなりの値段のする服を買え」という趣旨の記事であった。中でも目に入ったのは「露出を控えろ」というご指導だ。膝丈スカート程度で「露出」扱いになっているのもびびったが、この「肌の出し入れ」、確かに本邦は四十代に限らずやたら外野がうるせえな、と思い至った。

「肌を出せ（スケベ目的のため）」と「肌を出すな（スケベなのはいけません）」を左右のサラウンドスピーカーでがなられながら成長するのがニッポンの女だ。そこでは本人の意思や趣味は尊重されず、「お前をこういう風に見てやる／見たい」という外野の事情と視線だけがまとわりつき、だいたいはどっちの声に従っても（または自分の意思で脱いだり着込んだりしても）反対側からｄｉｓられる。もっとひどいと「お前をスケベの対象にしてやるから肌を出せ。しかし人目に肌を晒す女なぞクソビッチだから蔑《さげす》んでやる」とか「女の子はみだりに肌を出してはいけません。しかし年頃になったら女らしい格好をして男の気を引き結婚してファックして子を産め」みたいなウンコのようなねじれ現象をぶつけられることもある。若いうちに特に言われがちなこれらの身勝手お言葉は女子を混乱させ、その混乱は自尊心を削っていく。よって、悪である。

にしても「お前のファッションは◯◯歳として〝ナシ〟」とか言ってくる奴にモテたり友達になったり気に入られたりする必要、あるか？　そんな嫌な奴に認められずに済んだ自分のファッションセンスを誇るべきだ。基本的に、趣味でも服でも自分の好きなように好きなことをしていると、それが好きな人が自然に集まってきて結果ハッピーになるが、誰かや何かに合わせようと頑張ると、頑張っただけ他人を自分の意のままに操りたい願望を持つヤバい奴に目をつけられやすくなる。つまり「清楚、まじめ、普通」に見えるコンサバ趣味は決して無難なのではなく、そのガワに引き寄せられて近付いてくるヤバい奴とも渡り合える肝の据《す》わったモンスターハンターこそが着こなせるファッションとも言える。

ネットの炎上ネタばかり持ち出して恐縮だが、別件のキャンプファイアーをつい先日見てしまった。「女生徒の下着は白に限る」という吐瀉物《としゃぶつ》リリース待ったなしなキモい校則がある学校の話だ。理由は「スケさせないため」らしいが、夏場にタンクトップをくっきりはっきりさせているサラリーマン諸氏などを見れば一目瞭然《りょうぜん》の通り、白い下着に白いブラウスの組み合わせはスッケスケにスケる。というか、一番スケる。その点だけでもアホな話だが、じゃあなんで白にこだわっているのかというと、スケないという実利よりイメージを優先しているのだと思う。白い下着、清純、真面目、乙女、処女。みたいな。げろげろげろげろ。ここにも女の肌（着）に対する身勝手な妄想と執着が顔を出している。

下着という最も素肌に近いプライベートな衣類を管理・監視しようとするのは、キモい以上に邪悪な侵害行為だ。何歳で何を着ようがどこをどう出そうが仕舞い込もうが、ましてや下着に何色を着るかなんて他人の口出しする領域ではない。逆に四十女は白い下着つけるなみたいなお達しがあっても全力でｄｉｓりたい。エビバデセイ

「私の勝手だ」！　ワンモア「てめえにゃ関係ねえ」！だんだんアジビラめいてきた当コラムですが、女子の身体の周囲にはどうにかして尊厳を奪ってやろうと手ぐすね引いて待っている罠《わな》だらけで、それを遠ざけるためには、多少のガッツは持ってて損はない。本稿は基本的に非暴力不服従を是とするが、膝頭《ひざがしら》が出る出ないで文句をつけてくるような輩《やから》には「そうかい、ならあたいの膝に挨拶しな。こっちが〝トニー〟でこっちが〝ジャー〟だよ！」とムエタイの構えを見せて威嚇《いかく》すべしとも思っている。ほんとはそんなことしないでノホホンと生きてても何の侵害もされないのが普通じゃなきゃいけないんですけど。その未来、まだちょっと遠そうなので。

余談だが悪魔の手先としてコンプレックス産業で働いていたときは、同僚や上司から当然のように私の外見についてもあれこれと口を出された。口出しというか、毎日のようにブスデブダサいと嘲笑されておった。それが「社風」だったが、今考えりゃめちゃくちゃな話だ。ザッツ・パワーハラスメントである。出るとこ出りゃ勝てた案件だ。しかし働くうちに私もその「風」に圧され、社販で化粧品やサプリを買い込んでしまったこともある。無駄金中の無駄金なので思い出すだに悔しい。そのカネで唐揚げが何個食えて梅サワーが何杯飲めたことか。ひどいことを言われて、しかもそのご意見をありがたく拝聴し、「改善」のために金まで使ってしまったなんて、女一生の不覚。あのときの私はヤワだった。

しかし、環境次第で人は果てしなくヤワにもタフにもなる。他に飯を食う手段が無かった当時の私が追い詰められてしまったのも、今思えば無理はない。ヤワになった私が悪いんじゃない。嘲笑侮辱《ぶじょく》したウンコ人間どもが悪い。あのときの復讐のためにも、今日も私はギャラで唐揚げを食って梅サワーを飲む。

尻

世界にひとつだけの尻

当コラムの初回で「エロいことなしに自分で自分の乳を揉《も》む」話をしたら「私もやってる」という反応をけっこういただき「ですよね～！」と嬉しくなった。というわけで今回は「尻」です。

と、ここまで書いて「何が〝というわけ〟なんだ？」と自分で不思議に思った。乳と尻、なぜかコンビで語られる両パーツ。しかし日常で生活していて、乳と尻に何かのリンクを感じることはほぼない。上下揃いの下着を着けるときくらいだろうか。つまり一年に一回あるか無いかだ（※個人差があります）。なのにどうして乳と言えば尻、尻と言えば乳のコンボセットになるのか。

「乳派と尻派、どっち？」というお決まりの質問がある。どっちに魅力を感じるかという意味だ。何回か訊かれたことがあるし、こっちもその場のノリで訊いたこともある。魅力とか上品におためごかししたがつまり、どっちをよりエロく感じるかという話だ。こういう下ネタの場のとき「乳とカカト、どっち派？」みたいなことはまず訊かれない。やっぱり乳の隣に置かれるのは、尻だ。

エロ方面の話が続いてしまうので恐縮ですが、昔バイトしていた小さい編集プロダクションで社長がアダルトグッズカタログの仕事を取ってきて、参考資料としてそれまでのカタログを何冊か読まされたことがある。それなりに（かなり）スケベなものには興味があるのでへらへらページを捲《めく》っていたが、そこに不思議な商品が載っているのを発見した。

詳しい名前は忘れたが、なんとかホールという名称だった。オナホール、つまり男性器をインサートして使う自慰用アイテムである。目を引いたのはその造形だった。淡いピンク色の物体で、ぱっと見は和菓子の「すあま」を潰したような雰囲気。しかしよく見るとそれは女体のパーツ、乳と尻と性器を並べた姿をしていたのだ。人体からダルマ落とし的に頭や腹や手足をぽこんと外して、残った部分をぐちゃっとくっつけたような感じだ。なんていうか「これが〝必要〟な部分です」とでも言いたげな、ウルトラスーパー身も蓋《ふた》もないチンポ入れであった。あまりのインパクトに社長（男性）に「こういうのってマジで興奮するんすか……？」と訊いてしまったが、うーん、みたいな曖昧な苦笑しか返ってこなかった。

なぜ尻と乳はいつも並列されるのか。それは尻と乳をセットに感じる身体があるのではなく、セットで見ている他者がいるからだ。その視線が普遍的になればなるほど

「乳と尻」のコンボが世の中に溢《あふ》れ、私のような言葉尻に小うるさいフェミニストでさえ「乳と言えば尻」とロボット的に刷り込まれる結果になる。

普遍のパワーというのは恐ろしい。どんなにヘンなことや残酷なことでも「だってそれがふつうじゃん」という空気が一度出来上がってしまえば覆すことは難しい。その難しいことをやってのけようとしているのがセクハラや性暴力に抵抗するMeToo運動やセクシャルマイノリティの権利のためのプライドパレードだったりすると思うので、覆せないとは言いたくないし思っていない。でも、「ふつうじゃんパワー」は、重い。特に本邦は、かなりハイプレッシャーなふつうじゃん重力が宇都宮城釣天井《うつのみやじょう》のように人の心に伸《の》し掛かってくる風土だ。その中で「オッパイといえばオシリだよね。だってどっちもエッチに使うものだからサ」というネットリした普遍を押し返すのは大変だ。

乳がただの乳であるのと同じように、尻は尻だ。「勝手にまとめてエロいもの扱い」は常識でも決まりごとでもなんでもない。「そういうものなんだからエロ目で見られるのは諦めろよ」なんてクソくらえだ。諦めるか諦めないかは、私が、そしてあまたの尻の持ち主が決めることだ。

ヒトの身体にエロみを感じるのは何も悪いことではない。「感じる」のは。というか内心のことなど誰にも探れないしジャッジもできない。でもそれを「表明」するのは気遣《きづか》いが必要だ。絶対に必要だ。ひとたび、他人の目に入り耳に聞こえる場で声でも文章でもなんでも自分の感じたエロみをアウトプットしてしまえば、それは発した本人だけのものではなくなる。「そんなつもりはなかった」と言っても無意味だ。言葉や行動を表に出す、表現するってそういうことだ。一度出せばそれは「内心」のラインを踏み越える。一度出せば、誰かにぶつかる。たまにオープンなSNSのアカウントで不謹慎なつぶやきをしてそれを批判されると「内心の自由の侵害」とか逆ギレしている自分とインターネットの区別が付いていないおバカさんがいるが、ああなっちゃったらおしまいである。出してる出してる、脳内から出してるから。ネットに書き込むのは。

ぶつかった側が痛いと受け取るか快いと受け取るかは、ぶつけた側にはコントロールできない。だからぶつけるときには気を遣え。決して難しいことではないと思う。スマホを操作したり電車に乗ったりコンビニおにぎりのビニールをきれいに剝《む》いたりできる賢い現代文明人にとって、そんな気遣いが難しいことであっちゃいかん。

どっち派？の話に戻るが、一般的にこの問に「尻」と答えると「よりスケベ」との診断結果を下される。尻のほうが乳より即物的でイヤラしいパーツということらしい。これまでそのジャッジになんとなく納得していたが、まあ、ヘンな話です。どっちがどうとか、そんなもん決まってるはずないし決める必要もない。

尻を己のチャームポイントとし、誇らしげに尻を張るひとは素敵だ。自信なく隠れ気味な尻も、尊い尻だ。世の全ての尻は尊い。いやらしい尻もあれば清楚な尻もあろう。しかしそれは他人からジャッジされることではない。尻の持ち主が感じればいいことだ。尻は女体セックスコンボセットの一ピースではないし、特別いやらしいわけじゃないし、特別すばらしいわけでもない。尻は尻。座るとき、歩くとき、常にそっと後ろから寄り添ってくれる。尻は〝恥部〟ではない。もしあなたの尻をいやらしいとか不格好と言う者が居たら、そしてそれを好ましいとあなたが感じなかったら、それはあなたの尻が悪いのではなく、気遣いのない言葉を放った者が悪いのだ。

余談だが、乳と同じように自分の尻とも無意味に触れ合っている。自宅で一人風呂上がりに全裸で寝転がっているとき等、自分で自分の尻を叩くのだ。涅槃《ねはんず》図のようにまったりと横になり、片手でスマホを見ながら片手で己の尻をスパンスパンとリズミカルに打ち鳴らす。これが妙に楽しく、ノッてくると次第にリズムはラテンのビートを刻みだす。ジプシー・キングスのインスピレイション（鬼平犯科帳エンディングテーマ）を鼻歌し高速で尻を叩きながら、Twitterで猫動画をリツイート。現代文明をあますところなく享受していると感じられる、真にラグジュアリーなひととき。お金では得られない幸せというのはこういうことを指すのだろう。一人住まいならではの贅沢だが、いつか共に尻を叩いてボラーレできるようなセニョリータと出会えたら、それはそれでジョビ・ジョバだろうなと思う。

5年経って……

連載が進むにつれおっさんギャグが増えてきて痛々しい。しかしおばさんが使ってもおっさんギャグと表するのもおかしい気がする。

三　目と目で通じ合うってアリですか

映画、それもハリウッドラブコメや韓流ロマンス映画などの王道恋愛作品を観ているといっつも不思議に思うことがある。ひょんなきっかけで出会った二人。紆余曲折《うよきょくせつ》するうちに互いに心惹《こころひ》かれ、やがて何気ない会話の途中にふいに沈黙が訪れる。見つめ合う瞳と瞳。どちらからともなく顔が近づき、重なる唇……。

ここ！　ここですよ。この百万回は観てる流れ。これ、どこで「チューしまひょか」「そうしまひょ」の合意が成されたんです?!

「目でしょ」と有識者は語る。瞳が想いを映し出し、言葉で語らずとも両人のチッスがしたいという気持ちが伝達したのだと。ほんとに？　マジで〜？

別に私もカマトトぶるつもりはない。チューくらいしたことあるモン（カマトトぶるな）。あるけど、こんな目と目で通じ合う微《かす》かに・ん…色っぽい流れでできたことはおそらくない。なんかこう、もっとキモくニヤニヤしながら迫るとかあからさまなタコ口を作ってギャグに逃げるとか、そういう非スマートなきっかけ作りしかできた試しがない。理無《わりな》い仲のおなごにじっと見つめられても、その視線がチューのオファーなのか出ている鼻毛や歯に付いた海苔《のり》を指摘しようとしているのかの判別などつかない。言わんとわからん。別にこれは私が特別に朴念仁《ぼくねんじん》で鈍感だからというわけでもないと思う。

「目は口ほどにものを言い」というフレーズは、ただのことわざの枠を超えて「事実」として流通している気がする。ロマンチックな話でなくとも、バトル漫画とかで「フ……貴様、いい目をしているな」みたいなセリフを一度は読んだことがあるだろう。なるほどこいつは「いい目」をしてるんだな〜と思いながらページを捲《めく》っていたけど、そもそもいい目ってどんな目だ。血などで濁《にご》っておらず黒目がはっきりし光っているものだろうか。そんな青魚の鮮度を見るような基準でいいんだろうか。リアルな日常生活でも「目つきが悪い（＝性格が悪い）」「オドオドと視線をさまよわせている（＝頼りない）」とか、何も言ってなくても目で内面の何がしかを評価されてしまうシーンはある。けど、ほんとに？　ほんとにみんな「目」で相手のいろいろ、そんな分かります？　私はそれ、だいぶ懐疑的なんである。

あれは十八歳かそこらの頃。フリーライターを名乗っておずおずと文章仕事を始めたばかりの私に、ある出版社のそれも編集長から直々に仕事のオファーが来た。打ち合わせに指定された時間は夜で、場所は渋谷の居酒屋。本来ならこっちの年齢を知っているのにそんな場所を指定してくる時点で即レッドカード一発退場なのだが、当時の私はとても若くかなり相当Yeah!　めっちゃバカだったので、大人扱いされた！と喜び勇んで名刺片手に出かけていった。

待ち合わせ時間にやや遅れて現れたのは妙にギラついた雰囲気を醸《かも》す壮年男性だった。居酒屋で乾杯しさっそく仕事の話に、なるかと思いきやなぜかえんえんとブンガク論や仕事の自慢話を聞くターンに。しかし酒はいくらでも飲んでいいと言うので遠慮なくガンガンいった。多分、潰すつもりだったんだろう。不幸中の幸いだったのは私が酒が強く素行の悪いバカで、その年齢にしては飲み慣れていたことだ。ガバガバ飲んでもいつまでもピンシャンしているのに業を煮やしたのか、夜も深まったタイミングで編集長はついにストレートに口に出してきた。「じゃ、ホテル行こうか」と。当然のように。それまでそんな話ぜんぜんしてなかったのに。いやいやいやいやとビックリして即断ると、「恥ずかしいの？　大丈夫だよ」とまだ食い下がる（何が大丈夫なんだ）。私が果敢にそういうつもりはないっすから！　と首と手を左右に高速振動させながら後ずさると編集長はぼそりと言ったのだった。「だって、誘うようなイヤラシイ目でずっと俺を見てたじゃない……」と。

読者のみなさん、季節外れの怪談に背筋が寒くなったかと思いますが、当時の私はそれを越えてもう恐怖、ただ恐怖、目の前の人間だと思っていたものが突然言葉の通じないオバケになったかのようなショックを受けた。見てない。ぜんっぜん見てない。私は酔っ払ってて、さらに言うとド近眼で乱視だっただけだ。欲しかったのは仕事であって、父親に近いような年齢のおっさんの肉体などでは絶対にない。しかし私がそう目で語ったと、参考人はしつこく主張するのである。私はほうほうのていで逃げ帰り、当然そこからろくな仕事が回ってくることはなかった。

恐ろしいことにこれに似た事例はその後何度か経験するハメになった。フリーランスの人生は緊張の連続だ。シラフだろうが酔ってようが結局連中は「目で誘ってた」「スキ♡って顔してる」とか適当でキモいことをぬかしやがるのである。私の目はそんなこと喋《しゃべ》ってねえ！　と言っても言葉の方は聞く耳を持たれない。そう、「目」でコミュニケーションにこだわる人は、人の話を聞かない人が多いんである。ついでに言うと、まともに口説いてさえこない。それまでぜんぜん関係ない話をしていたのに、いきなり当たり前のように「じゃ、ホテルに」と言い出すのがこのテの連中のセオリーだ。せめて口説けや。口説かれても当然断るけど、その口は何のために付いているのか？　ネゴシエーションをすっ飛ばし「そっちが目で誘ったから」と責任を転嫁し労力無く他人のまんこだけ手に入れようとするその怠惰な性根が気に食わない。

それでほとほと身にしみたのだが、「目を見れば分かる！」と堂々と言い張る人のほとんどは、ペテン師かアホかアホなくらい素直な人だ。どなたも深く関わり合うと己の身に面倒が降りかかる確率が高い。アホなくらい素直な人は素直なんだからいいじゃんと思うかもしれないが、素直すぎてトラブルの台風の目になったりする場合もあるのでもらい事故に気をつけたい。ア（略）な人が評する「キラキラ輝く目をしている人」がただ違法薬物の摂取により瞳孔《どうこう》が開いてただけというパターンもあり得る。目の過信、よくない。

だいたいノンバーバルなコミュニケーションに重きを置きすぎると結局は「空気読み」というジャパニーズ悪習慣がハバを利かすことになり、平成で燃やして埋めていきたい邪悪な概念ナンバーワンである「イヤよイヤよも好きのうち」が滅びてくれないのだ。

勝手に目から考えてもいない情報をスキャンされた上で面倒事や嫌な目に遭《あ》ってしまった人。あなたは絶対悪くない。相手のスキャナーが古くさくてポンコツで間違った使い方をしてるのが悪い。

目を見るな。言葉を聞け。読め。勝手に人のゼラチン質から物語を編むなと全人類に主張したい。それでもキミの目がうんぬんと迫ってくるオバケには、メデューサ退治のように鏡を突きつけてやるしかなかろう。お前の目がいま何を語ってるか、自分でじっくり聞くといい。

「性的同意」という言葉が昨今話題になっている。性行為を行う際の双方の同意をとるという意味だ。当たり前だろどっちかが同意してなかったらそれは豪速球のレイプやないけと思うのだが、この「性的同意」を得ることに「ロマンがない」「雰囲気が壊れる」とかうんにゃらかんにゃらと物言いをつけてゴネてけつかるアホがいるという。だが知ってるぞ、そういう連中の言う「ロマン」というのは「めんどくさくない、責任取らなくていい」の言い換えだということに。そういう連中はコンドームつけたり等の避妊・性感染症予防行為すら「雰囲気が」とか言ってめんどくさがる。ろくなもんじゃねえ。「雰囲気」でレイプされたり妊娠させられる側はたまったもんではない。はっきり言うがセックスするにあたって同意や交渉をないがしろにする人間に、セックスする資格はない。今の世の中TENGAとか電マとか便利な道具がたくさんあるのだから、そういう人は一生オナニー道を極めていただきたい。他人の身体に手ぇ出すな。

余談だが、ここまで言っといて自作の小説、特に趣味で書いてるBL小説とかでは目にモノを語らせまくっている。やっぱロマンチック感はあるし。しかし書きながら思うけどほんとこれは魔法とか超能力みたいな空想科学ファンタジーのひとつとして考えたほうがよいと思う。小説や漫画では視線が合っただけで瞬時にキスしたいとかその先もやりたいとかどっちがトップでどっちがボトムとか正常位→騎乗位→後背位の流れでいくかとか翌朝の朝食はトーストで紅茶派とかそういうのが一瞬で分かる仕様になってるけど、それは現実では無理だ。フィクションだけの話にしておこう。血肉のあるわれわれ凡愚《ぼんぐ》はいちいち確認しよう。「口ば吸うてもよかですか」と。ちょっとダサいかもしれないけど大丈夫。それで気まずくなるような相手とのチューなんて、どうせ楽しくはないのだから。

爪 爪を憎む者たち

自分ではあんまりマメにはやらないけど、ネイルアートが好きだ。サロンのホームページや各種ＳＮＳにアップされている可愛いネイル画像をぼんやり眺めていると、妙にリラックスする。かっこいいモードなやつからポップで可愛いの、キラキラゴージャス系やエレガントなもの、技術を笑いに全振りしているネタ系まで、爪という小さなカンヴァスに描かれるアートに心ときめく。

しかしそうやって情報を集めていると、奇妙なノイズが目に入ることがある。ネイルアートとそれを楽しむ人に対する暴言やからかいの数々だ。世の中には、ネイルアートに憎しみを燃やしている人がいるのだ。しかも、けっこうな数いる。

もちろん、誰にも憎まれないものなどこの世にない。全世界好感度トップクラスの存在と思われるアイスクリームやふわふわのひよこちゃんだって苦手を通り越して深く憎んでいる人はいるだろう。何かを憎むことは別に否定しない。というかしようがない。自然な感情だ。でも一度その感情を外に出したら、出された側に批判や反抗や反論や分析や考察をされるものと思ってほしい。はい！　というわけで今日はまず「よく見るネイルアートへの憎しみパターン」をざっくりと分類しつつ文句を垂れ返してみたいと思いまーす。（YouTuber風ＢＧＭ）

1．理由はないけどとにかく嫌い

最もシンプルなやつ。素直と言ってもいい。うじゃうじゃとオナラ理屈をこねまわして「これは個人的な憎しみなどではない！　ネイルアートを否定するのはこのような正当性がある！　他のみんなもそう思っている！」などと言い募る人よりずっと気風《きっぷ》の良い憎しみである。「理由はねえけどとにかくネイルが嫌いだ！　アイヘイトエナメル！」などと歌うバンドがあったら最前でヘドバンしてステージにネイルチップや甘皮カッターを投げ込んであげてもいい。

2．長い爪やネイルアートをしている女は家事をやらなさそうだから嫌い

ここから以下は全てオナラ理屈の話になる。最もよく見る憎しみがこれ。しかも「そんな爪じゃ米を研《と》げないだろう」というのがかなり多い。じゃあ米食文化圏以外の女（女性でなくてもネイルアートをする人はいるが、ネイルへの憎しみをぶつけられる者の大半が女性である）のネイルについてはどう思っているのか。べつに女の手指は米を研ぐた

めに細胞分裂して出来上がったのではないし、世の中には無洗米やサトウのごはんという便利なものもある。だいたい、自分と炊飯器を同じじゅうしない人間の爪が長かろうが短かろうが米を研がなかろうがどうでもよいではないか？　もし同居人がネイルアートを理由に米を炊かないというのなら、話し合いの場をもうけるかそれ以前に自分で研いで自分で炊けばいい。

3．派手なネイルアートをしている女は金遣いが荒そうだから嫌い

屁理屈《へりくつ》以下の偏見である。「派手＝金がかかる、無駄なもの」という昭和初期か？　みたいな価値観を現役でホールドしている人は老若男女問わずいる。そういう考えの人は他人の装飾を剝ぎ取ることを考える前にまず自ら頭を丸坊主にし一年三六五日ズタ袋でも着て職場と家の往復だけしてればよろしい。稼いだ金はもちろん趣味になど使わず死ぬまで貯めて死んだら国に吸い上げられておればよい。無駄がない。

実際ネイルに超金をかけている人もいるが、他人の財布の事情などどうでもよかろう。あなたに払えと言っているわけでもあるまいし。金遣いの荒い女の方も、ネイル代にしぶい顔をするような人間に用はないのだ。この場合ふるい落とされてるのは、ネイルに文句をつけてる側なんである。

4．ゴテゴテしたネイルアートは男受けしないからやるべきではない。よって嫌い

論外。百均の除光液でも飲んでなさい。しかしネイルアートをするだけでこういうしみったれた話をする人物を遠ざけることができるのだとしたら、ネイルのコスパ、めっちゃ高いと思います。

彼らは長い爪、派手なネイルそのものを憎んでいるのか？　おそらくそれは違う。その背後にある（と彼らが思い込んでいる）ものを憎んでいるのだ。それは「家事をせず、金遣いが荒く、チャラチャラしてて、そのくせ男受けのやりかたを間違えている愚かな女」という虚像だ。

重ねて言うが他人が家事をしなかろうが金遣いが荒かろうが男受けを度外視しようがそりゃその人の勝手だ。この「虚像」の通りの人物は実在もしているだろう。So What?　それがなんだというのだ。その人の人生だ。

でもそういう、自分の勝手に自分で自分を楽しむ女が存在するのがどうしても許せない人たちがいる。自分に関係ない他人の、何も他を害していない行為がムカついてイラついてしょうがないという人たちがいる。そういう人たちはほんとは爪だけでなく、メイクやファッションやバッグなんかもいろいろと気に食わないんだろう。中でもネイルはぱっと目について、しかも「無駄」に見えるから攻撃しやすいのだと思う。

虫が派手な色とか動くものに反応するのと同じだ。
憎しみは人が持つ自然な感情だ。ネイルアートに代表される（と思い込んでいる）まぼろしのクソ女を憎む気持ちを止めるのも難しかろう。それはチラシの裏に書こう。そして燃やそう。それから、手を洗って自分の爪のお手入れでもしてみるとよいと思う。やってみるとけっこう楽しいよ。
というわけで「爪を憎む者」の気持ちを想像してみたが、ではそれに対してネイルアートを愛する者たちはどう対応すればいいのか？　もしこういう爪を憎む者たちがリアル生活やTwitterやインスタでクソリプやクソ引用リプやクソエアリプを送りつけてきたら？　対処法はワンフレーズです。

「知るかバーカ」

これで終わり。これ以上のことは言う必要はない。いや、言う必要もない。思って終わり。説明もしなくていい。質問にも答えなくていい。かまわなくていい。本当にネイルについて何か知りたいのなら、その人は手にしている高価な板か眼の前の高価な箱で自分で調べるはずだ。質問というかたちを取っていてもクソリプはクソリプ。たとえどんなに丁寧な言葉遣いでも、薔薇の木に薔薇の花が咲くように、うんこな気持ちから出てくる言葉はうんこだ。そんなものの相手に時間を使うくらいなら、さっさとブロックしてトップコートを重ね塗りしたほうがずっと人生がハッピーになる。

余談だが先日長年愛用していた眼鏡が崩壊寸前くらいまでボロくなったので、買い換える前に改造して遊んじゃうかと思い、手持ちのネイルエナメルとスワロフスキーでドンキに売ってるＳＭプレイ用の仮面のごとくギラギラに塗りたくって友人主催のパーティに出た（ＳＭパーティではない）。しかしその後眼鏡店に行ったら「無料で一部パーツを交換するだけで元通りに直りますよ」と言われてしまったのだ。まるっと買い替えれば二万円はかかる。というわけで私は現在、ドンキに売ってるＳＭプレイ用の仮面のごとくギラギラに塗りたくった眼鏡で日常を過ごしている。毎日がパーティタイムだ。

5年経って……

さすがにこの眼鏡は買いかえたが、ひとつくらいエルトン・ジョンみたいな眼鏡をオーダーで作りたいとは思っている。

声

君の地声で僕を呼んで

声が低い。どれくらい低いかというと、中学生のとき合唱の授業で男声パートに振り分けられてしまったくらい低い。電話口で父親に間違えられることもしょっちゅうあった。その上オタク特有の不明瞭な早口で喋《しゃべ》るので、たぶん私の話はすごく聞き取りづらい。早口だけでも直そうと意識しているが、酒が入ったり疲れてるとスッポリ忘れてしまって中央卸売市場の如きマシンガントークになってしまう。たまにスクラッチ的に吃音《きつおん》も出るので、ＤＪとＭＣを一人でやっているような塩梅《あんばい》になることもある。

かように自分の「ベシャリの立たなさ」には充分自覚があったのだが、日雇い労働で食いつないでいた時期、真夏にどうしても屋内で働きたくてコールセンターのバイトに応募してしまった。電話も大の苦手だったが、エアコンの誘惑には勝てなかった。結果から言うと私はこのバイトのおかげで電話への苦手意識をかなり克服し、喋り方もちょっとうまくなった。のだが、未だに引っかかっていることがある。

バイトに受かるとまずは研修が行われた。端末の使い方やテンプレ言葉を覚えさせられるのだが、中でも「笑声《えごえ》」というやつを繰り返し練習させられた。顔が見えなくても相手側に笑顔が伝わる声、というコールセンター用語らしい。分かるような分からないような、イメージできるようなできないような。これがねー、マスターするのにたいへん苦労しました。普段地を這《は》うような声でしか喋ってないので、なかなか声が「笑声」にならない。「もっと高く！　もっと高い、いい声で！」と何度もご指導ご鞭撻《べんたつ》を喰らってしまった。

そう、低い声だとダメなんである。「声が低いとお客様に失礼です！」とまで言われて、だいぶびっくりしてしまった。じゃあクリス・ペプラーとかジョージ・クルーニーはどうすんだよと思ったが、男性は低い声のほうが「落ち着いていて、頼り甲斐があり、信頼できる」という評価になるのだという。そんな、話してる内容は女も男も同じテンプレなのに。ていうか私のデフォルト声は「失礼」なのか……。

思い返すと今まで幾度も他人から「かわいげがない」と言われてきたが、あれは見た目や態度だけの話ではなく、おそらく声も「かわいくない」と思われていたのだろう。

確かに声は低い。しかし、言葉遣いが乱暴なわけでも鼻クソほじりながら話しているわけでもない。対面なら笑顔だって見せる。そんな風にいたってフツーに対応していても、女子が低い声だと「失礼」「なってない」「態度悪い」「生意気」なんてな評価を頂戴してしまうことがある。まことにファッキン遺憾《いかん》だ。

じゃあ地声が高かったらイージーモードかというと、それもまた違う。素で高くて甘くて優しい声を持っている知人は、そのままだと仕事の現場でナメられるので勤務中はドスの効いた低く大人っぽい声を出すよう頑張っていると言う。取引先のおっさんにちょっとでも「かわいい」「媚《こ》びてる」と思われたら最後、どんなに気合を入れたプレゼンも営業トークもぜーんぶ「かわいいねえ」で終わってしまい、企画も商品も適当にいなされ、「で、この後空いてる?」と流れるようにセクハラトークに持ち込まれるのだと。オーイエス、アイノウザット。目に浮かぶようだ。そんな彼女もプライベートなどで「かわいげ」が求められるシーンでは地声を出して対人モードを都度調整しているという。1MC1DJどころではない。女子の日常は3MC&1DJを一人でこなすくらいに忙しい。しかもTPOを間違え声の出しどころを見誤ると、たちまちナメられや低評価がすっ飛んでくる。

けど、なんでそんなことしなくちゃいけないんだろう。

なぜ私の地を這う声がそのままでは仕事に使えないのか。彼女の優しい声が仕事の妨げになってしまうのか。

本邦の人間関係における「かわいい/かわいげを出す」「失礼のないようにする」

というのは「相手にナメられる」と同義ではないのか？　と前々から思っていた。また、「謙虚」と「かわいげ」、「謙虚」と「へつらう」の区別がついていない人がメチャクチャ多いんじゃないかという疑問もある。

「お前は謙虚さが足りない」と立腹の御仁《ごじん》の話をよくよく拝聴すると、「俺のケツを舐《な》めろ」と言っているだけというパターンには何回か相《あい》まみえてきた。つまり「かわいくない」＝「謙虚じゃない」＝「俺に忖度《そんたく》してない」＝「こいつはなってない奴」という恐怖のチャート式で非難が飛んでくる。これは「謙虚である」＝「かわいげがある」＝「俺に忖度している」＝「こいつはナメてもいい奴」というさらにヤバい式と隣り合っている。こういう人物には好かれても嫌われても地獄が待っているので、上司とか取引先で当たってしまったら、不運を呪いつつなんとか離れる画策をしないといけない。

　声のトーンが人に与える印象を左右するのはもちろんあるし、処世術としてそれを使い分けることが悪いわけでもない。声の調子ひとつで仕事がスムーズに進むなら、それくらいいくらでも変えたるわいと思う人のほうが多いだろう。現に私もバイト中は銭のためとハイトーンな笑声を出し続けた。

　しかしその「印象」が誰にジャッジされているのか、何のためにジャッジされているのかは慎重〜に見極めないとヤバい。ただでさえ、女の声は物心両面において潰されやすい。キツイ声や言葉で意見を言えばその内容よりも「そんな言い方じゃ聞いてあげられないな。もっとこうしたら？」等となぜか上から目線のジャッジメント&うんこの役にも立たないレクチャーが始まり、逆に優しい声や言葉で伝えようとすると、「余裕がありそうだね。じゃあまだまだ大丈夫だね」「こんなに可愛い声を出すってことは、この子オレにホレてるのかな？」と問題意識や不満を持っていることそのものを無視された上に明後日な方向のキモい曲解をされることもある。

私も以前は「話を聞いてもらうためには冷静に、穏やかに、優しく言わないと」と思っていたが、そんなんしたってナメられるだけで、どんなに言い方を工夫しようが、どっちにしろ話を聞かないやつは聞かねえんである。ならば、そういう奴も無視できないくらいうるさく喚《わめ》くのも戦法だろう。たのしくたのしくやさしくね、と腹を見せても、撫《な》でられるどころかその腹を半笑いで踏まれるのが世知辛《せちがら》い現代社会。ならば地声で唸《うな》り、かわいくないと言われようが自分の意見やプライドを守る道を私は選びたい。そして地声がかわいいゆえにナメくさった態度を取られ困っている者あらば、行って加勢し相手に嚙《か》み付くくらいの気概は持っときたい。

余談だが、王谷家の女は私を除いてみんな地声がハイトーンな人間ばかりで、しかも声量がある。つまりかなりうるさいのだが、猫のゲロを踏んでマライア・キャリーばりの七オクターブの悲鳴をあげている実母を見ると、うるさい以上にちょっと気持ちよさそうだなと思う。一度でいいからあんなふうに思いっきり高い声を出してAC／DCの『地獄のハイウェイ』とか歌ってみたい。それに野蛮な基準ではあるが、なんのかんの言って物理的に声がデカい人というのはケンカが強い。デカ声を出し慣れていると有事の際に助けを呼ぶのも躊躇《ちゅうちょ》がない。ヤンキー名産地の北関東に育ちながら永遠のシャバ僧として俯《うつむ》いてボソボソ喋り続けてきたが、いざというときのために発声練習とかしておいたほうがいいかもな。

ちなみに私は喋る声は小さいがTwitterのフォロワーが万超えしたりしてるので、たまに「(ネット上の) 声がでかい」と言われたりする。別にフォロワーを金で買ったりしてるわけでもないのに随分な言い草だなと思うし、キミに友達がいないのは私のせいじゃないからなと、そういう陰口をエゴサで目にするたびに思う (ピースサインで自分と相手の目を指すI'm watching youのジェスチャーをしながら)。

毛

無理、無茶、無駄毛

「お前、ムダ」いきなりそんなことを面と向かって言われたらどんな気持ちになるだろうか。ショック、悲しみ、怒り……さまざまな辛い感情が湧き上がってくるはず。しかしこの世には議論の余地なくゼロ・トレランスでムダ呼ばわりされてしまっている悲しきものどもがいる。

毛だ。

正確には、髪の毛と眉毛、睫毛《まつげ》以外の体毛である。

何をもってしてムダと呼ばれているのかというとその理由は「審美」一択。鼻毛とか耳毛なんかは本当は無いとだいぶ困る毛だけど、それでもちょっとでも持ち場から顔を覗《のぞ》かせると速攻でサーチ&デストロイされてしまう。

ムダ毛と呼ばれる毛たちは、社会から大資本の力でもって全力で排除されんとしている。都市部の電車内など、もう目をつぶって乗らない限り絶対に脱毛サロンの広告が目に入る仕組みになっている。春は夏前に毛を処理しろと言い、夏はまだ間に合うから毛を処理しろと言い、秋はキャンペーン中だから毛を処理しろと言い、冬は厚着の今のうちに毛を処理しろとひっきりなしにアピールしてくる。毛の無い肌は「たしなみ」を越えて「常識」であるかのような刷り込み攻勢だ。

特に女子は、髪と睫毛以外の毛は元から無いかのように処理しふるまうのが「ふつう」とされている。

そう。「ふつう」。金と手間暇かけてつるつるピカピカすべすべにしても、プラスではなくゼロ地点扱いになるという文字通り不毛なお手入れ。それが毛まわりの処理。そのくせ剃《そ》り残《のこ》しの指毛の一本でも他人に発見されようもんならダメージは甚大《じんだい》だ。面と向かって物笑いにされる程度ならまだマシな方で、本人のいないところで酒の肴《さかな》にされ「中指じんじろ毛大将」みたいな不名誉なあだ名を知らずにつけられてしまったりするパターンもある。女子と毛の組み合わせは、ことほどさようにタブー視され続けている。

されどなかなか周知されていない事実なので改めて書き記しておくが、女というのは人間である。人間というのは全身に毛穴があり、そこから毛が生える生き物なのだ。つまり女も毛が生える。毛が生えることこそが「ふつう」なのだ。指毛も腕毛も鼻毛も耳毛も乳毛もスネ毛もワキ毛もヘソ毛もケツ毛もヒゲも生える。生きている限り、生える。個体差はあれど、基本的になにがしかの手間を加えないとツルスベ肌になんかはならないのである。なのに毛がない肌が「ふつう」「常識」とされるこの理不尽さ。

それどころか女体にケツ毛を含むムダ毛は一切許さないが陰毛だけは生えていてほしいそれもボーボーの生やしっぱなしでなく形は整えてでもあんまりきれいに整えてるとヤリマンっぽくて萎《な》えるからほどほどに清楚にひっそりと恥ずかしげに生やしておいて、みたいなくそしょうもない「わがまま」を言う人も世の中にはいるらしいが、そういう人には睫毛が一日十本目玉の裏に入り込んで取れなくなる呪いをかけようと思う。はいかけた。今かけたからな。震えて眠れ。


女は人間だ。

人間には毛が生える。

女の身体には毛が生えているのが「ふつう」だ。


今回はここだけ覚えて帰ってほしい。あとは長い余談みたいなものです。

実は今、世界では「体毛生えててもええじゃないかムーブメント」が密《ひそ》かに盛り上がりつつある。スポーツブランドのアディダスがスネ毛を生やかした女性モデルを起用し話題になったほか、欧米のイケてるインスタグラマーもスネ毛やワキ毛をジャンバリ全開にしたおしゃれフォトをアップし話題になっている。先日もワキ毛をカラフルに染めた映《ば》え画像を目撃した。もしかすると近い将来、スネ毛やワキ毛もおしゃれの一環として受け入れられる世界になっていくのかもしれない。そこから「女の身体には毛が生える」が世界常識になっていくのも、そう遠くないことだろう。

しかし。しかしですよ。じゃあお前も時代を先取りして毛を生やしっぱなしにしてインスタにアップしてみっか？　と言われたら……できない。すまん。日和《ひよ》った。生まれてこのかた延々と「人目に晒《さら》したら恥ずかしい」とされてきた毛をいきなりそのまんまにして暮らせるだろうか。正直勇気が出ない。出ません。ムダ毛の濃さは自分の数多いコンプレックスの中でも長年トップクラスに位置づけてるし。まあ行けて近所のコンビニだ。それも夜だ。闇夜に紛れるスネ毛だ。

しかし毛も含めての私なのは間違いない。どうにかして自分のムダ毛も愛したい。そんな思いが募った末に、とうとうムダ毛についての小説を書いてしまった。『完璧じゃない、あたしたち』（ポプラ社刊）（宣伝）という本に収録されている『ファー・アウェイ』という短編がそれなのだが、簡単にあらすじを説明すると、実家でぬくぬくと引きこもっているいい歳した女子が、ある日ヒマなあまり「ムダ毛はどこまで伸びるのか？」と疑問に思い伸ばしっぱなしにすることを決意したらなんと……という話である。自作のネタバレを自分でやるのもあほらしいので続きはよろしければお手にとって読んでいただけると幸いなのだが、この物語に私はありったけの「こうだったらいいのにな」を詰めた。つまり、「毛を伸ばすのが許される、どころか評価される世界」だ。鼻の下とか指の根本とかがフサフサしていたらカワイイとギャルにモテモテになる世界。動物なんか毛だらけで太ってるほど可愛く見えるもんだし、人間も動物の一種として早くそういうステージに到達できればいいのになと思う。

余談だが、三十年近く昔、自宅で両親と昼飯を食べていたら父あてに電話が架かってきて、黒電話の受話器を受け取った父は何度か頷《うなず》くといきなり己のジャージのズボンの中を覗《のぞ》き込み「まだ無い」と言って電話を切った。訊けば何年ぶりかに連絡してきた知人が「お前、陰毛に白髪は生えてるか？」と質問してきたのだという。話はそれだけで、以降またその知人からは何年も連絡が無かったそうだ。当時父の頭髪はすでにほとんど真っ白になっていたが、首から下の胸毛やら腕毛は黒かった。よって私は髪の毛とヒゲ以外の毛というのは白髪にならないものと長い間思い込んでいた。しかしあのときの父の年齢に近付いた今。私はすでに陰毛に白髪を発見している。しかも複数本だ。陰毛も白髪になる。なるのだ。父の背（丈）はついぞ越えられなかったが、毛は越えてしまった。

まあじんじろ毛に白髪くらい生えてても別に何も困ることではないしと思っていた

のだが、最近「脱毛レーザーは白髪に効かない」というのを知った。いろんな箇所に白髪が増えてきた私は、最早全身脱毛とかしたくても叶わない身になってしまってい た。いつの間にか。なのでこの先の人生もムダ毛と共に歩み続けるしか道はない。こうなったらせいぜい豊かに美しく生えちらかしてやりたいと思う。

耳　デビルイヤーは三割うまい

耳。地味なパーツだ。ピアスやイヤリングで飾ったりはするけれど、そのときも注目されるのはあくまでアクセサリーで、土台の耳って自分のも他人のもあまり意識したことがない。美容雑誌とかでも耳のお手入れハウツーというのはほぼ見たことがない。せいぜい衛生面の注意くらいだ。

しかし。以前にも書いたコンプレックス産業で悪魔の手先として働いていた時期、リサーチとして同業他社の美容整形外科のホームページをよく見ていたのだけど、そこには「耳の整形」というジャンルが確かに確立されていた。耳たぶの形を変えたり、耳そのものを大きくしたり小さくしたり、位置を変えたり角度を変えたりというけっこう大掛かりな手術も紹介されていた。外科手術なので料金もけっこう高い。高額な手術を希望するほど耳の形や位置で深く悩んでいる人がいることを、そのとき初めて知った。

ここで「耳の形なんてそんなに悩むことないよ～ほとんどの人は気にしてないって

〜」と言ってしまうのは簡単だ。心理面へのアプローチだけでコンプレックスを解消できるならそれはいいことだとも思う。でも、誰でも他人に理解されづらいコンプレックスのひとつやふたつ持っとるだろう。それが努力や化粧のテクニック等で解消できないものなら、なおさら悩みは深くなる。耳の形を気合や化粧で変えるのはたぶん無理だ。パテ盛りしたり特殊メイクみたいな方法を使えばできるかもしれないけど、それを出かけるたびにやってたら生活が破綻《はたん》する。ならば整形手術という手段、理にかなってるなと思った。

　私はそれで当人がハッピーになれるなら、整形という方法、耳に限らずアリアリだと考えている。お金とか手術のリスクの話なんてのもやる本人が誰より一番考えてるんだから、身内でもない外野がやいやい言うことではない。そりゃあまりにもうさんくさかったり健康を害しそうな方法を選ぼうとしてる人が近くに居たら止めるけど、「その人の身体はその人のもの」は私の信条のビリングトップでもある。「変わらなくても大丈夫」と「変えたいところは変えていい」を同時に言っていきたい。人生一回しかないんだし、付き合っててストレスになるものは、たとえ自分の身体でもどんどん変えたり切り離したり足したりしてよいのだ。自分の身体と一番長く付き合うのは、他人ではなく自分。自分を棺桶《かんおけ》まで持っていけるのは、自分だけだから。

　とは言うても耳のメイン機能は「聞くこと」なわけですが、それにただ音声で鼓膜を振動させる以外の意味が発生してしまうのがこの世知辛《せちがら》い社会生活。耳を傾ける、聞き分けの良し悪し、拝聴、小耳に挟む、耳年増《みみどしま》。好きで聞いてる音楽もなぜか「アピール」「男の影響」とかいらんノイズがくっつけられたりして。非常にうるさい。

前にある版元の編集さんから「編集のアドバイスは三割くらいで聞いといてください」と言われたことがある。アドバイスというのは、全部くそまじめに受け取っても成果物がいい感じに完成するわけではないのだと。他人の話を百％まるっと受け入れてしまっても駄目だし、一切聞かないのもまた塩梅《あんばい》が悪い。なので三割。これは編集と作家の間だけの話ではないと思う。あらゆる他人からのアドバイスは三割聞くか全無視くらいでちょうどよいと思う。

特に女にばっか言われるやつ……彼氏作れ、子供産め、子供おろせ、子供おろすな、子供もっと産め、もう産むな、働け、働くな、働きつつ家事やれ、働きつつ家事やって介護してお前の実家の問題はお前が全部片付けろ、みたいな終わらない手旗信号ゲームみたいな話は、一切、マジのマジで一切、耳を貸す必要はない。

聞かずにスルーするのが無理な場合や立場もあるだろう。でも心の中のステージでは「ぜってえ聞かねえ〜〜〜〜‼」というシャウトを響かせるんだ。くっだらねーアドバイスをその叫びで掻き消して、顔で笑って背中で中指立ててギターやドラムセットを破壊しよう。パンクやロックというのは体制や既存の価値観への反抗から生まれる。抑圧が強ければ強いほどパンクスも強くなる。となれば現代日本において真のパンクロッカーたれるのは、女子だ。そういうメインストリームから弾き出されたアタイたちこそが、THE・ロックンローラーだ。

当然ですが私のこの真面目なヨタ話も三割聞きでいいんです。三割も聞いていただけたら大感謝だ。三割うまい（※飲食チェーン店「ぎょうざの満洲」のキャッチフレーズ。意味はよくわからない）。

この社会、年齢性別にかかわらず「聞き分けのいい子」は高い評価を与えられる。ワガママや不平不満を言わず、言われたことにきちんと頷《うなず》きよく守るいい子。けど、大人しくひとの言うことをよくよく聞いて、それで結果自分が尊重されたりいい目にあったりしたことが、いったいぜんたいどれほどあるだろうか。「聞き分けのいい子」に高い評価を与える、そいつは誰だ。そいつは私より「偉い」のか。なんで私の人生に私以外の奴がカットインしてくるんだ。私の人生の船長は私である。他人に舵《かじ》を握らせたり指揮権を与えたりしてなるものか。

上司や先生、夫や親兄弟なんていう役職は、ただの肩書だ。それを持っているからって「目下」とみなした人間の人生をどうこうする権利なんかない。だから「目上」を自称する奴がくだらない言葉であなたの舵を奪おうとしたら、閉じよう。耳を。言い返せなくてもいい。その場をやりすごすために愛想笑いをしてもいい。でも聞き入れちゃだめ。心無い言葉に心を痛めすぎないで。諸君の人生に命令できるのは、諸君だけなのだから。

余談だが、ピアスというのは一度やると止まらなくなるタイプの人がいる。私もソレで、耳たぶだけに飽き足らず軟骨《なんこつ》、眉、ボディ各所と範囲を広げ、二十歳ぐらいのときは上半身がパチンコ台みたいになっていた。それでいてパンクを聴いたりハードコアバンドを組むでもなく家で一人ゲーム（シムシティとか）をしたり詩を書いたりして地味ぃに過ごしていたので、今思うと余計に変態じみている。最近は片耳に数個付けてるだけの大人しいピアス愛好家になりましたが、頭はモヒカン刈りになり、そして相変わらず家で地味に過ごしています。どんなに見た目を派手にしても、魂は地味から逃れられないのをようやく理解した次第である。

5年経って……

現在、またピアス熱がぶり返してしまい、顔だけで二十個くらい開けてしまった。生活はやはり地味なままだ。

眉

細眉の逆襲

「お前の人生の主役はお前だ、好きなようにやれ」が本コラムのメインテーマであり、特に外見や服装に関してはあらゆる抑圧を仏恥義理《ぶっちぎり》していくことを夜露死苦《よろしく》する所存だが、それはファッションという文化文脈を無視したり、ましてや侮辱《ぶじょく》する意図は少しもない。個々人が取り入れるか取り入れないかは別として、装いの流行というのは常に人類の側にある。それはひとつの偉大な文化であり、人の生活や人生に大なり小なり影響を与えている。

で、ついにマジで来てしまった感じなんですけどみんなはどう？　九〇年代リバイバル……。店頭や雑誌で厚底やピタTを見て具合が悪くなるアラフォーが続出しているというアレ。服飾だけでなくメイク関連でもここ十年以上続いていたナチュラル～太眉《ふとまゆ》覇権からついに細眉《ほそまゆ》がチャートインしてきたというアレです。安室奈美恵《あむろなみえ》が引退したというのに、コギャル・アムラー文化の亡霊に今さら震えることになるとは……。

そう、眉毛。化粧を禁止された田舎の学生にも唯一加工ができた部位。私は一九八一年生まれのコギャルどまんなか世代である。高校時代、夏休み前かなんかで体育館に全校生徒が集められ生活指導の教諭が真顔で「今まで一度でも眉毛を抜いたり剃《そ》ったりしたことがある生徒は校則違反をしているのです！」と怒ったときは、ハコ全体に「苦笑」としか言いようのないグルーヴが流れた。それくらいギャルもオタクもマジメもみんな眉毛を抜いてたのだ。そういう時代だった。この時期に親の仇《かたき》のごとくヌきまくったためその後自眉が生えなくなってしまったという人も多かろう。

こんな毛に「流行」があるというのも面白いなと思う。いくら流行っていてもその人の顔に合っていなかったら整える意味もあるまいと思うのだが、そうは頭で分かっていても「服は三年前のでもいいけど眉毛の流行《はや》りだけは一応抑えておきたい」という気持ちが、実は私の中にもある。もっと言うと、「外に出るときはとりあえず眉毛だけは描いておかなくちゃいけない感じがする」という気持ちも、ある。

なんとなれば、これは眉毛が「ちょっとのさじ加減で顔の印象を相当変える毛」だからだ。私は自分の顔が好きだ。万人受けするかは分からんが、少なくとも私にはウケている。ゆえに、このファビュラスな顔をなるべくベストなコンディションに保っておきたい。なのでどうしても眉毛で冒険ができない。髪はモヒカンにできても眉はその時代その時代の「フツー」に寄せてしまう。実際、奇抜な髪型よりも奇抜な眉毛にするほうが勇気いりませんか?!（※個人の感想です）

『ゼイリブ』というちょっと昔のSF映画がある。仔細《しさい》ははぶくがこれは「他人にサングラスをかけさせるのは難しい」という話だ。物理的な意味でもあり、概念としての「色眼鏡《いろめがね》」の意もある。

どんなに「この色眼鏡で私を見てくれ！」と願っても、それはなかなか成功しない。他人の心は自由にならないから。その主観と客観の間に生まれるギャップを調整するのが、他人に見られるためにするファッションやメイクなのだと思う。私がフッー眉を選ぶのは、どこかでフツーに見られたいという心理が働いているのであろうか？それなら他の部分ももっと「フツー」に調整するはずだが、そうはしていない。

しばらく唸《うな》って考えていたが、逆に「あらゆる要素をエキセントリックにしなければならない」という思い込みが自分にあったのかもしれないと思い至った。旧弊な価値観から自由になるために走り出したら逆に違う袋小路《ふくろこうじ》に入り込んでしまった、みたいな。窮屈《きゅうくつ》だからと学校からドロップアウトしたはずなのに、校則の百倍キツい掟《おきて》がある暴走族に入ってしまうようなもんだ。眉がフツーでも、いや眉以外のメイクやファッションが超フツーでも、それは何ら私の精神やイメージを損なうものではない。流行を追っかけたり無視したり、好きにやりゃあいいのだ。初心を忘れるところだったぜ。

余談だがコギャル世代の私が当時コギャルだったのかというとまったくそうではなく、「流行に流されてみんな一緒にルーズ穿《は》いたり茶髪にしてシャギーを入れるのはダサい。私はお前らとは違う特別な存在なんだ」というおそらくコギャルよりだんぜん数は多かったであろうどこにでもいるヒネた根暗オタク女子高生だったため、あえての重め黒髪ショート、あえての超ロングスカートセーラー服で通学してました。しかし一方で当時のコギャル・チーマー文化には密《ひそ》かに強い憧れを抱いており、重たい前髪の下に隠れた眉毛をそっと細めに整えたりもしていたのだった。ロンスカ腕まくりセーラー服天パ頭そして細眉というルックスは八〇年代の古式ゆかしい「ヤンキー」に他ならないのだが、当時は己の格好を「またとない個性」だと思っていた。視野の狭さは青春の特権。なお帰省したときは基本的に実家の敷地から出ないで過ごしています。地元では死んだことになっててほしい。

背

背中まで四十五億年

背中については一家言《いっかげん》ありますよあたしゃ。なぜならだいたい痛いから。首～肩～背中～腰を繋ぐ「コリのナイル川」みたいな大いなる鈍痛の流れに日々身を任せつつ肩叩きマシーンやマッサージ機能付きクッションを買い込み、全部装着してロボットアニメのコクピットみたいになって作業していることもしばしばだ。いつか一発当てて高級事務椅子に座って、いやマッサージチェアに座りながら仕事がしたい……。痛みと共に夢は広がる。

背中、当然だけど普通にしてると自分では見えない。のせいか、背中にまつわる決まり文句って「他人の背中を見ている」or「他人に背中を見られている」のどちらかのシチュエーションが多い。中でもよく聞くのが「背中で語る」。このワードで頭に誰かの背中が思い浮かんだ方、それ女性でしたか男性でしたか。たぶんですけど、「男の背中」がビジュアルとして浮かんできた人が多いんではないか。背なで泣いてる唐獅子《からじし》牡丹《ぼたん》、俺の背中についてこい、オヤジの背中を見て育つ、などなど。「背中」

ワードって妙にマッチョというかますらをぶりなイメージのものが多い。力強さ、頼りがい、雄々《おお》しさ、そんなイメージを付けられやすい部位。

しかし世の中当たり前になよ竹のような男子もいればジブラルタルの岩のような女子もいるわけで、男の背中だからと逞《たくま》しいイメージを背負わされたり、女の背中だからと頼りなげに見られても困るわけです。

いうても慣用句や決まり文句なんていうのは「事実」ではなく「こうだったらいいな」という願望やファンタジーが込められてるものがほとんどだ。それに近代は「強い女」のイメージや「背中で語る」シブい女像も沢山見られるようになってきた。アクション大作映画には最低でも一人は「戦う女」が出てくるし、古くは『グロリア』『エイリアン2』など強敵にひるまず立ち向かうタフな女の姿はコンテンツとしても一般的になって久しい。日本だとそこが戦闘美少女とか魔法少女とか見た目はか弱い子供～若年者表象ばっかになっちゃうのがつまらんしなんで？　と思うが、まあ「強い女」というイメージは、少なくともメディア上ではそこまで突飛《とっぴ》なものではなくなった。私もいろいろ喜んで観ていた。

そう。喜んでいた。それは間違いない。出始めは。しかしそろそろ「強い女」の表象もあらかたパターンが出尽くしてきたこの二〇一八年。だんだんメディアに出てくる「強い女」が、「強さの代わりに女性性を捨て去った女」or「強いけどエロエロビッチな悪女」or「強くて美しくて正しくてヨゴレもブレもしない超合金女」という三パターンくらいに大分されすぎじゃね？　と思い始めてきましてね。一番目はヒーロー（男）または幼い子供と出会って女性性（母性とやらを含む）を取り戻すといういらん山場（いる人はいるか。私はいらん）を用意されてることも多くてウヘーとなるし、二番目もヒーロー（男）と出会って改心しエロエロメロメロ女になることもあってウヘーだし、三番目も、強いのはええねんけどあまりにウソくさ過ぎるし人間味がない。あたかも「強い女」なんて所詮《しょせん》はファンタジーで、人間的な描写なんてする必要ないいんじゃいと言わんばかりだ。

メディアにおける「強い女の（シミひとつなくムダ毛もニキビもなくもちろん細くしなやかで筋肉は付いていても〝怖くない〟程度に整えられた）背中」も結局は、誰かの都合のいいファンタジー表象でしかないいんですな。そこから外れた「強い女」は「怖い」とか「ゴリラw」とか言われてしまう。勝手な話だ。もちろん素晴らしい作品、素晴らしいキャラクターもたくさんいる。でも「近頃の女は強くなりましたなあガッハッハ」と言いながらハイキックの際のパンモロをコマ送りでチェックするような層の「オカズの一ジャンル」としての「強い女」像には異を唱えたくなってきた。

異を唱え星からやってきた異を唱え人なので。

「近頃の女は強くなりましたなあガッハッハ」というオヤジ・ワードは、「近頃の若者はなっちょらん！」というオヤジ・ワードと共に太古の昔から存在していたのではなかろうか。その言葉通りに女子がえんえんと強くなったり若者がえんえんとダメになったりし続けていたら、現在人類は月にも到達していないし女子は全員身長六メートルのティラノサウルスみたいな姿になっていると思うのだが、そうはなっていない。みんなそれなりに弱く、それなりに賢く人類史を歩んできた。

それなりに賢くてそれなりにバカで強さも弱さもあって、という人間味のある男性キャラクターは有史以来たくさん生産されてきたわけですが、そろそろ同じ力加減で女を描くのがスタンダードになってもいい頃合いだ。わたしらの背中は強くて弱くて、たまに誰かを背負うこともあれば、誰かに預けたくなることもあり、またはひとりで自分を守って立っている。羽根を生やしたり尻まで開いてるドレスを着ていなくても、誰もの背中が毎日なんとか生きています。

実は最近は「そもそも強くなきゃいかんのか？」「強い場合は男勝りor正しく美しくorワルで妖艶《ようえん》のどれかの属性も付加させなあかんのか？」という異を唱え星人のクエスチョンに対するアンサーのような女性描写もちょいちょい見られるようになってきている。私の観測範囲は主に映画やドラマや小説ですが、心身共に弱いままでも生きてる女性像や、女性性をリスク要素のように描かれない女性像や、強くて男と恋愛するけどヤッた途端に弱くなったりしない女性像や、強いけど間違いを起こしたりセクシーさや美を過度に強調されず人間的に描かれている女性キャラクターも出てきている。つまり、フツーの女だ。フィクションとしてのデフォルメや強調はあるとしても、フツーの女たちの活躍がだんだんいろんなとこで見られるようになってきている。フィクションの中にそういう女性が増えることは、確実に現実に生きる女性が吸う酸素を増やしてくれるものだと信じている。それはちょびっと、希望だよなと私は思う。

余談だが「目」の回でも書いたけど、言語以外のものにやたらと「語らせ」たがる人って基本信用できないんすよね。言った言わないの証拠も残らないし、後からどうとでも解釈を変えられてしまうし。『被告は平成三十年十月未明に「今回は締切に間に合わないかもしれませんがそのへん適当にいい感じに采配《さいはい》お願いします」と背中で語り、原告の目が「分かりました。いい感じにやっときます」と語ったと供述しており』みたいな話は通らないし、通ったらヤバいし。背中で語って背中の話を聞くのはマッサージや整体のときくらいにしておきたい。先日もマッサージ店で背中を押されながら「使ってるマウス重くありませんか?」とか言われて、実際その通りだったので大いにビビった。プロ凄《すご》い。「背中は語る」は整体の先生だけが使える惹句《じゃっく》だと思う。

この話の初稿を書いたころに比べると、女性キャラクターのバリエーションはより豊かになってきたと思う。まだ道途中ではあるが少しずつ世の中変わってきている。

手

自分と握手する方法

鬱《うつ》病を患《わずら》っていた時期がある。正確には現在も私の中にその芽は残っており、通院や投薬治療はしていないものの注視とケアが必要な状態ではあるが、とりあえず今のとこ落ち着いてはいる。しかし二十代の前半から半ばまでは、じゃっかん大変な塩梅《あんばい》だった。

当時は実家で暮らしていたのだが、最初に気付いた症状のようなものが「手が使えない」だった。朝起きて歯を磨こうと歯ブラシを握るが、次のアクションが起こせない。歯磨き粉をつけて口の中に突っ込んで磨くという作業ができない。結局歯磨きも洗顔もしないままにしてしまう。風呂にも入れなくなる。服を脱ごうとすると途中でいきなり気力が尽きて、Tシャツを頭にひっかけたジャミラ状態のまま脱衣場で数十分以上ぼーっと突っ立ってしまうのだ。そのまま諦めて、何日も風呂に入らないまま過ごしてしまう。

不思議なことに、家の手伝いとか前の職場から委託で請《う》けていたライターの仕事なんかはそれまで通りにできるのである。でも、自分をケアするために手を使おうとすると途端におっくうになって、身体が言うことをきかなくなる。元からそんなにマジメにやってなかったスキンケアを始め、服を着替えたり髪をとかしたりたくさん開けていたピアス穴を手入れしたりということができなくなってしまった。腹の立つことにメシだけは食えたうえに異様に飢餓感があり、カレースプーンで毎日白米にマヨネーズとか醬油《しょうゆ》をかけたものをわしわし食っていた。この時期に体重が一気に四十キロほど増え、そのままなかなか元に戻らないまま今に至っている。

いきなりハーコーな病歴告白をしてしまったが、そういうことがあって以来、自分の手には注意している。アタマで自覚的に考えていることってわりとアテにならなくて、身体のほうがいち早くSOSを出すことがある。あのときの私の手は「あんさん、ちょっとアタマの大将がおかしなことになっとりまっせ！」と必死に伝えようとしていたのだと思う。

しかし振り返ってみると、当時の私の脳みそは「セルフケア」と「それ以外」の手作業を別物と分類していたことになる。後日鬱病に関する本を読んだら、やはり症状のひとつとして身だしなみを整えたり怪我や病気の手当を自分でしなくなるというのがあるらしく、あのへんでヤバいなと思って病院に行ったのは間違いではなかったと思った（その後もいろいろ大変でしたが）。

もとから身だしなみにマメなタイプでは全くないし、今でも締切がヤバいときとか平気で一週間風呂入らなかったりしますけど、手で自分の世話をするとか、もっと単純にただ自分で自分に触れるということは、精神の具合のバロメーターになってるなと今でも思う。

セルフケアの中には、清潔にするとか傷や病気の手当をするとかの基本的なことのほかに、自分を労《いたわ》る、慰めるという行為も含まれている。自分の肩を揉《も》んだり、性欲のケアであったり。（どうでもいいけどコレのしっくりくる呼び方を探している。「オナニー」も「マスターベーション」も「自慰」もなんか響きが好きじゃないんだよな……大げさかつダサいというか。「セルフプレジャー」？　長いね……）

実際、鬱病中はそれまでそこそこアレだった性欲が逆さに振っても一滴も出てこなくなり、わずらわしくないといえばわずらわしくないけど、ますます自分の脳と身体の距離が遠のいてしまったような錯覚に陥《おち》った。性的なこともそうでないことも含め、必要最低限以下の範疇《はんちゅう》でしか自分で自分に触らなかったし、誰にも触らせなかった。投薬治療を終えしばらくしてから久方ぶりに己の手で一本ヌいたとき、快感以上に安心感のようなものが強かったのを覚えている。おかえりマイボディ、おかえり私の手。そんな気持ちだ。

自分をいたわる手を取り戻した現在は、たまに自分で自分の頭を撫《な》でたりもしている。こんなこと他人にやられたら、たとえ理無《わりな》い仲でも気恥ずかしいし緊張してしまうが、自分で撫でてるぶんにはいくらでも甘えられる。自分に。騙《だま》されたと思って猫や犬を撫でるように自分の頭やほっぺたを撫でてみてほしい。存外に気持ちいい。人間、こんなことまでけっこう自己完結できるんだなと感動する。自分で自分を優しく撫でられているうちは、私はまだ大丈夫。そう思いながらちょっとしんどいときとかにひたすら自分を撫でまくっている。

「人は一人では生きていけないんだよ」というお決まりのフレーズがある。まあそれはそうだし、私だって一人が好きとか言いながらネット環境のない無人島に放り込まれたら一ヶ月もたないだろうなと思う。でも孤独を感じながらどうしても他者は側にいてほしくなかったり、どれだけ寂しくても自分一人しかそこにいない時期、いない夜というのは人生の中に絶対にある。そんなときは、自分で自分の手を握る。そして「私は私にモテている」と唱える。いろいろあって三十過ぎて、やっとこれが言えるようになった。私は私が好きだ。私の身体に触れる私の手が好きだ。私が握る私の手はあたたかい。ちょっと脂っぽいけど。

余談だが十代~二十代頭の頃ギターを練習していた。体格に比べて手がかなり小さいのだけど、俗に言うFの壁も頑張って乗り越えオアシスとかを弾き語っていた。しかし「へたくそ」から「まあまあ」にグレードアップする前に先の病気とかいろいろあって弾かなくなってしまった。ちょっともったいない。もう一度趣味として始めてみたい気がする。ギターを始めたきっかけは女の子にモテるためだった。今はもちろんそんな動機はない。私も大人になり、ギターを弾いて女の子にモテるやつはギターを弾かなくてもモテるやつだけという「真理」をよくよく理解したからだ。今はただ、自分のために何か楽しい曲を覚えて弾いてみたい。「なんでかフラメンコ」とか。

腸

女の腸内会

ヒトの身体は千差万別だ。今さらマクラに持ってくるフレーズか?って感じですが、最近特にしみじみそう思う。なんせアラフォーにもなるとガールズトークのネタも身体の外側より内側の話のほうがだんだん比重が重くなってくるのだ。やれ腰が痛い眼精疲労だ鍼《はり》デビューしたとかその話題は多岐にわたり、悩みの内容も個性豊か。中でも聞くたびに個人差が大きいなと思うのが、腸の話である。

あらかじめ断っておくが今回はお食事中等何かを飲み食いしながら読むのをおすすめしない回である。だが決して面白半分の下ネタではなく、真面目な話だということは強調させていただきたい。

というわけでウンコの話なんですが、みなさん毎日してます? アウトプット。私は生来腸がわりと丈夫めにできているらしく、便秘に苦しんだ経験というのは今まで片手で数えられるくらいしかございません。しかしメディアでは「女＝便秘をよくする」という描写が当たり前にされており、毎日トイレタイムはディス・マジック・モーメントなベン・E・キング谷としては若干の疎外感すら感じていたのでした。

しかしめったにしないというのはすなわち慣れていないということであり、たまぁに便秘になったりするとパニック状態になる。あの不快感というのはなかなか言語化しにくく、考えてみると「下痢《げり》のつらさ」を描いた小説はいくつか読んだことがあるが「便秘のつらさ」小説にはほとんどお目にかかったことがない。詰まっているのは下の方のはずなのに、喉《のど》のあたりまで何かに堰《せ》き止《と》められているような圧迫感。人間というのはつまるところ一本の管なのだとこのときほど実感することはない。これがしょっちゅう起こってしまう体質のひとの辛さやいかばかりか。一度ハードコアなやつに見舞われると二度と便秘を笑いのネタにしようという気がなくなる。

腸内環境のネタ化。特に子供時代って、ウンコの話は百%ギャグであり、その上で「自分がウンコをする存在」であることを他人には決して知られてはならぬ、みたいなヘンな不文律がありませんでしたか。子供の世界ではウンコは特別であると同時に忌《い》み嫌われている「邪神」のような存在。小・中学校での「学校内ウンコ」は特にタブー扱いだった。だが快便ゆえに学校で催すことも多かった私はちょくちょく嫌な同級生や先輩にアウトプットタイムを襲撃され「ウンコ谷が学校でウンコしてっぞー！」などと触れ回られたものだ。永井豪『バイオレンスジャック』の舞台でお馴染み関東地方のジャリガキは野蛮極まりないのだ。そういうわけで学校のトイレにはトラウマしかなかったのだが、女子校の高校に進学するとそこはフェリス白百合《しらゆり》よりは男塾のほうに気風が近い学校だったこともあり、全体的に「人間生きてりゃクソくらいひるだろう」という学級ウンコ肯定の空気があった。おかげでやっと学校内でもせいせいとリリースイベントを行うことができるようになったし、みんな聞いてないのに「今日、下痢」とか「三日出てない」とかの個人的交通情報をどんどんカムアウトしてくる。この辺から、女同士で体調のことを話すのはごくあたりまえという感覚が身についた気がする。

というか下半身のことだからと生理の話もウンコの話も「はしたない話」とされ、女同士でも自由闊達《かったつ》に話し合えなくなる空気、あれとても良くないと思いますね。共学だった小中はその空気がとても重かったが、高校時代はそれが一気に無くなりとても気楽だった。今まで学校でトイレに行くたびビクビクしていたのはなんだったんだと拍子抜けしたし、排泄《はいせつ》や月経という文字通りの生理現象すら他人の顔色を窺《うかが》わないといけないニッポンのヘンな集団生活というものにさらに不信感を抱くようになった。

腸内環境は肌の調子や体重にダイレクトに関わってくるだけあって、内臓の中でも女同士の会話の議題に上がりやすい部位だ。身の周りにも一人は腸に一家言《いっかげん》持つ女子がいると思う。やたら漢方とかヨーグルトの種類とか呼吸法とかマッサージに詳しいやつ。いるでしょ。しかし「無為」を裏テーマとする本稿としては、そういう美と健康から離れた腸のどうでもいい話をダラダラしていた高校時代を懐かしく思ってしまう。邪神たるウンコとその創造主たる腸への畏《おそ》れを無くした若き乙女たちは、紙粘土《かみねんど》でウンコを作ったり今までした一番デカいウンコの話をしたり腸の内ヒダは広げるとテニスコート大になるらしいとかいうしょうもない話をして、自由に内臓に思いをめぐらせていた。そこには「女の子がそんな話しちゃいけません！」というつまらん空気は当然微塵《みじん》もなかった。

あんなふうにへんな羞恥《しゅうち》もなくかといって露悪的な感じもなく、文字通り自分の腹の中のことを話せるのはいい経験だったなあと今も思っている。女の身体というのは女特有の器官以外でも妙な「意味づけ」をされてしまうというのは繰り返し書いてきたが、内臓も例外ではない。だが女だけで無意味なウンコの話をしていたあの時間は、確実に自分の肉体を自分のコントロール下に置いているという実感と安心感があった。

今も隙《すき》あらばそういう話をしたいのだが、大人になると腸やウンコの話というのは「カテゴリー：笑い」から「カテゴリー：シリアス」に移行していく。これはあまり性別を問わないと思うが、若い時分ならバカウケまたはドン引き間違いなしだった必殺の「大人なのにウンコもらした」ネタも、四十に近づくとバカウケどころか「頻繁《ひんぱん》に起こるようなら一度病院で検査を」という話になり、普通に心配され、親戚の誰それが人間ドックで……うちもこの前……みたいな健康・将来トークにシームレスに繋がっていく。

介護、子育て、疾病《しっぺい》など、人生が折り返し地点を回ると自分のも他人のもウンコから笑顔が消えていく。人は産まれ、ウンコするだけで褒《ほ》められていた時期から自分で自分のウンコをコントロールする時期を生き、そして老いてまたウンコの処置を他人に任せるようになり、そして死ぬ。私が今際《いまわ》の際《きわ》にするウンコはきっと誰にも褒められないし、笑顔ももたらさないだろう。でもできるなら、最期にはあいつが作ったハイパーリアルな紙粘土《かみねんど》のウンコを思い浮かべて、笑顔で逝きたい。

ここまで書いておいてあれですが、私は実は人をわらかすためにやる下ネタトークというのは喋《しゃべ》るのも聞くのもあまり得意なほうではない。面白い下ネタを話すというのは大変に難しく、故に面白い下ネタを話す人にもほとんどお目にかかったことがないからだ。つまらない下ネタというのは実際のウンコより悪臭を放つ。そういうものを聞くくらいならリアルウンコを眺めていたほうがマシである。冒頭でも宣言したが、だから本稿はほんとうに真面目な気持ちで生み出した。ウンコだけに。

余談だが私の実家では長年猫を飼っている。現在老いた両親が「これが最後の子」と決めだいじにだいじに可愛がっている十四歳のお猫様が王谷家で最も偉く価値のある存在なのだが、お歳もお歳なので最近少々体調を崩された。長毛種なせいか毛の塊《かたまり》が腸に詰まり、ウンコが出なくなってしまったのだ。治療の甲斐あり今は快癒しているのだが、それ以降母が離れて暮らす私にも日々お猫様の体調をＬＩＮＥで報告してくる。それはいいのだが、方法にやや問題があり、写真を送ってくるのだ。ウンコの。昼飯時、編集者と打ち合わせ中など時間を選ばずテロン♪と表示される猫のウンコ。iPhoneXで撮影した高解像度の、ズームアップにも耐えうる画質の、ウンコ。どう返信すればいいのかわからないのでハートマークやいいねマークを返して済ませているので、母とのＬＩＮＥ画面はひたすらウンコとハートの繰り返しで埋まっている。まるで人生のようですね（適当にまとめてんじゃないよ）。

5年経って……

このお猫様ももう亡くなってしまった。いまだに思い出してはさびしい気持ちになってしまう。どんなにウンコたれでもいいから百年生きてほしかった。

脳

男脳・女脳がここまで分かった！

「男は論理的、女は感情的」。インターネットの治安の悪い所に滞在していると二〇一八年の今でも週に一回は見かけるお馴染みの非論理的ワードだ。いやマジ、まだいるんすよこれ言う人。もっとヤバいと「男脳・女脳」などという「どうぶつ占い」レベルのなつかしトークをしだす御仁《ごじん》もおり、ほんとバーチャル空間といえどやはりあまり空気の澱《よど》んだ所には近付かない方が吉ですね（と思いながら首まで浸かっている）。

「男と女はこんなに違う！　それは脳のせいだった！　男脳はこうで～女脳はこうで～」というネタは安定したＰＶが稼げるウェブメディア御用達《ごようたし》ネタなのだという。というわけで今回の本稿のタイトルは思いっきり釣りなんですけど、これでほんとに普段よりＰＶ上がってたらめちゃくちゃおもしろいな……笑えんけど。タイトルに惹《ひ》かれてしまったお客さんには申し訳ありませんが、しかしあーた、こんな何処《どこ》の誰兵衛が書いたか分からんしょうむない記事で脳なんてだいじなもののことをインスタントに「わかろう」とするのは危険でっせ（作者注・実際この釣りタイトルで更新したところPVがだいぶアップし、人類の愚かさにゲラゲラ笑いながらこの後この連載は悪質なタイトル詐欺を繰り返していくことになる）。

男と女はこんなに違う！っちゅわれても、私に言わせりゃ「俺とお前がぜんぜん違う」で終わる話だ。性別もくそもない。性別が同じなら脳の仕組みも思考も嗜好《しこう》も同じと言うのなら今日から俺は石原さとみβを名乗らせてもらう。ボーグ（『スタートレック』シリーズに登場する機械生命体。他の生命体を吸収し同化させてしまう）じゃあるまいし「みんなおんなじ」になんて、仮になりたいと思っていてもなれるもんじゃございませんよ。星座占いよりも血液型占いよりもさらに選択肢の少ない二元論でヒトをより分けようというのがド非論理的だし。だいたい自分を男とも女とも定義していない人は何脳と呼ぶつもりだろうこの「男脳・女脳」信者の人は（まあ知ってますけど。そういう人はなんでもかんでも全部無理やり「男らしい」か「女らしい」に振り分けようとするんすよね。雑か）。

しかしこれだけ人口に膾炙《かいしゃ》しておるからには何らかの根拠や説得性があるのかしらん？とザックリいろいろ脳みそ関係の記事を読みかじってみたが、現状、脳のつくりや反応に性差があるかないかは「あるっちゃあるし、ないっちゃない」で、あると仮定してもそれはヒヨコのオスメス鑑定みたいに「地図が読めない」とか「話が聞けない」というパターンに振り分けられるような単純なものではない、という状況なのを知った。そりゃーな、そうだよなという感じだ。

だいたい脳みそ調べたりテスト受けさせるったって被験者をどこからどういう基準でピックアップするのかによって結果には相当ブレが出てくるはずだ。例えば「男女は平等です」という理念が受け入れられ実施されている社会で暮らす人間と、女は勉強しなくていい黙って酌《しゃく》しろサラダ取り分けろオッパイ見せろという社会で暮らす人間とでは、男女共に思考も行動も違いが出てくるだろう。男女の思考の違いというのは個体差と同等にその個体の置かれている環境、社会風土がけっこう大きく影響するんでないのと私は思う。

ところで私は俗にいわゆる「女脳」と言われている特徴がほぼ全部当てはまっている。理数系苦手、地図読むの苦手、青汁のCMにも感情移入してすぐ泣く、一度に数種類の家事や仕事を並行できるマルチタスク、慎重、コミュ力まあまあ高い、恋愛もの大好き。他にも怖いものが苦手でフリルとレースとピンクが好きで可愛いものキレイなもの大好きと「女らしい」嗜好を一通りコンプリートしている。これらの要素を「いかにも女ｗ」と言われるのがイヤで、わざと正反対の人間に見えるように振る舞っていた時期もあった。「女」と言われることは侮辱《ぶじょく》だと思っていたし、実際侮辱の意味で他人を「女」と呼ぶクソ野郎は世界に三十億人くらいいる（あたしデータバンたのしいのだ。ク調べ）。だいたいニッポン語は「雌雄《しゆう》を決する」だの「女々《めめ》しい」だの「女の腐ったような」だの、メスであること＝劣っていること前提で組み立てられているクソ文言がたっぷりある文化風土だ。けどもうそれが間違っているのを私は（そしてこれを読んでいるYOUたちも）知っている。そう、もう「女扱い」が侮辱になる時代なんてとっくに終わってる。それを知らないアホがたくさんいるだけで、終わってるのだ。

「男脳・女脳」話がアホらしいのは、自分以外の人間をコケにするためのオカズとしてしか機能していないからだ。気に入らない異性を見ては「あいつは所詮《しょせん》○脳だから」と決めつけ、同性には「あいつはいかにも○脳だな。クレバーな自分は違うけど」とほくそ笑む。そういうたぐいの慰めが人生に必要なときも確かにあろうが、少なくとも「科学」のフリをするべきじゃあないと思う。脳幹の太さが～とかシナプスの接続が～とかいろいろ尤《もっと》もらしい「説明」がなされているけど、なんかそれって「黒人は骨格が奴隷《どれい》に適している」とか大真面目に言ってた骨相学とかとどう違うのん？　と不思議になってくる。そういう意味では一種のヘイト言説に近い気もする。

脳みそという名実共に外からは見えない部分を外野が評価するのは、結局はバイアスかかった主観で語るしかなくなる。私も「バカ」と「小賢《こざか》しい」を繰り返し言われてきた。同じ人が言ってきたパターンもあった。「低能」と言われたかと思えば「（揶《や》揄《ゆ》する文脈での）インテリ」扱いされたこともあり、どっちやねん！と混乱したが、つまるところどちらも同じことを言っているのにある日気づいた。そのココロは「お前が気に食わない」だ。その人の自己認識によって、私に浴びせる罵声が「馬鹿」か「鼻持ちならないインテリ」に変化してるだけなのだ。自分は賢いと思っている人は私を馬鹿扱いするし、己の学歴や教養にコンプレックスのある人は私をインテリ扱いする。どっちも間違ってる。当の私が「何」であるかは、私が考えればいいこってす。

余談だが前述の通り私は理数系の教科が非常に苦手で、高校時代に数学の試験で3点をとった上で追試で0点をとり、創立百年近い歴史のある母校において「殿堂入りのバカ」と評されたことがある。当然、だからと言って世の女全員が算数できん子ちゃんであるという証明にはならない。これは私個人の特質である。同級生には理数系が得意で難関大学にスパッと合格した女子も何人もいる。世の中は斯《か》様《よう》に殿堂入りのバカや秀才や天才や凡人が入り混じって構成されており、そこからサンプルを無作為にピックアップしたとき当たるのがどれかは分からないのだ。ちなみにこの状況でどうしてダブりもせずに卒業できたのか私本人も長年疑問に思っているのだが、おそらく「これ以上在籍させておきたくない」という学校側の苦慮の末の判断だったと思われる。

肝

お酒と女のデスゲーム

年の瀬もじわじわじわじわじわ差し迫ってきたみなさんいかがですか。準備できてますか、アッチの方は。アレですよ。たまにカタくなったりするアレ。そう、肝臓。

年の瀬と言えば宴会。宴会と言えば酒。まああっしは一年中飲んでますけどその中でも年末の酒は格別。今年も一年なんとか生き延びたわ……という自営業者喜びの一献です。バイト含め勤め人を辞めてから「行きたくない飲み会」が人生から消えたので今の私にとっては酒＝うれしいたのしいだいすき！　しかありませんが、しかし、世の中そんな楽しい酒ばかりではないのも身に滲《し》みて存じております。特に女子にとっては……。

まず大前提としてアルコールというのは必須栄養素でもなんでもないし飲める飲めないに貴賤も勝敗も一切無いし、その許容範囲は人それぞれということは共有しときたいと思います。あたぼーよ。飲めない人に無理くり飲ませようとする奴とか「人生の半分損してる〜ｗｗ」とか言う酒飲みにはおちょこ一杯で三日酔になる呪いを掛けてやるからな。

　で、飲み会。特に「行きたい♡」じゃなくて「行かなきゃ……」な飲み会。仕事とかしがらみとかがグリングリンに絡んでくる奴。ありますよね。私も今まで何回も出てきました。削られるよなーあれ。金も時間も体力も精神もダイエット計画も何もかも削られますじゃん？　日本の企業社会の数ある悪習の代表的なものだ。仕事関係じゃなくても「親戚」「町内会」「ＰＴＡ」などなど、この日本社会にイヤな飲み会の種は尽きまじ。

　しかし、まあね。まあまあ、言うても社会人、マズい酒飲んで使いたくもないおべっか使って下手なカラオケ歌う程度のことならなんとかこなしますよ。付き合いってもんもある。義理ってもんもある。ある程度はしゃあない。

　問題は「ある程度」の範疇《はんちゅう》を超えたクソ事案、セクハラ・パワハラ・アルハラが舞い踊り終電になっても帰してもらえないような地獄のサバトみたいな飲み会に当たってしまったとき。

「無礼講」等の呪いの言葉を合図に酒宴で繰り出される言葉や態度でのセクハラやパワハラと共に、物理的なハラスメントやレイプとも対峙してしまう可能性があるのが、酒の席。私はおそらく、平均よりは酒が強めな人間である。正直、この肝臓のおかげでヤバい局面を逃げ切ったことも何度かある。しかし上記の通り、アルコールの許容範囲は人によって大きく違う上、中には酒に薬物のたぐいを混入させて意識を混濁《こんだく》させレイプや窃盗《せっとう》を行う極悪人もいる。カクテル類の中には飲みやすいけどアルコール度数が高くて後から効いてくるようなものもあり、お酒に慣れていない人ほど知らずに飲まされてしまうこともある。「デートレイプ」という言葉がある通り、デートするくらい身近な、信頼していた、好意をお互いに持っていた……はずの相手でも、薬やアルコールの力を使って暴力を振るい人権を侵害してくることがある。あるんです。みんな知ってると思うけど。ほんとクソみたいだけど。

こういう話には「というわけで女性のみなさんは各自気をつけましょうね。ハイ解散！」的な風呂で屁《へ》こいた上にそれを他人のせいにするみたいなシメのクソ文がくっつくことが多いですけど、あたしゃそんなもん書きません。書きませんとも。「気をつけ」なんて、酒の席だけじゃなく日常で、おはようからおやすみまで三六五日／二十四時間、休むことなくやりたくもないのにやっているのを知ってます。みんなよくやってる。よくぞここまで生き延びた。偉いぞ！　ほんとうに頑張ってる。みんなみんな。

オッケーガールズ＆ボーイズ、リッスントゥーミーナウ。悪いことは、悪いことする奴が悪いんです。酒に何か混ぜる奴、無茶飲みさせて潰そうとする奴は悪人だ。間違いなく極悪人だ。悪人というのは、悪いことを成し遂げるためならどんな演技もごまかしも準備も言い逃れもやってみせるものなんです。仮に自分が悪いことをしようと本気でシミュレーションしてみてくださいな。まず「自分は悪い人ですよ」なんて顔や態度や服装で相手に近付かないだろうし、陥《おとし》れるまであらゆる手段を使って「うまいこと」やろうとするでしょう。悪人のやることなすことは、そういう一見フレンドリーな態度や会話や見た目まで含めて、悪いことの計画のうちなんです。そこを見破れなかったからと言って、被害に遭った人が自分を責める必要はありません。ましてや、外野が責める権利なんて砂粒ひとつぶ分もありません。ぜっっっっっっったいに、無い。無い。無いと言ったら無い。無いんだよ。天があると言ってもあたしが許さねえ。赤の他人が被害者を責めるな。

　というわけで、誰でも性暴力の被害に遭《あ》う可能性はあります。そうなってしまったときはどうするか。内閣府男女共同参画局のホームページ（http://www.gender.go.jp/policy/no_violence/index.html）に、性被害に遭ったときの相談ダイヤルや各都道府県のワンストップ支援センター（被害相談から医療機関の受診、被害届や捜査などに関する手続きを包括的にサポートしてくれる施設）への案内が掲載されています。

　こういう施設や相談する手段があるという情報を得ておけば、起きてしまったことにもなるはやで対処できる。また、自分は関係ねーやと思う人。この問題に関しては、関係のない人はこの世に一人もおりません。辛いことですが。だからレッツ勉強、ゲット情報。

余談だが、この通りラジオネームお酒大好きっ子さんなので酒で得た幸福はメルカリで売るほどあるが、同時に失敗もヤフオクに一円スタートで出すほどたくさんしている。本稿は実家の老いた両親も毎週楽しみに読んでいるらしいのであまり濃い目の失敗談は書けないが、距離的な面で一番やばかったのが「起きたら埼玉のはずれ」(作者注：東京二十三区内在住)。しかも駅構内とかでなく、ちょっと歩いた住宅街のゴミ捨て場で寝ていた。マンガみたいでしょ。あたしも目が覚めたとき思った……マンガかよって……。日頃の行いが良いせいか金銭物品貞操に一切の被害は無かったが、ゴミ臭いまま長い長い時間をかけて二日酔い状態で帰らねばならなかったし三日くらい自分が嫌いになって辛かったので、以来酒は「自己嫌悪に陥《おちい》らない」をラインに飲むようにしている。今はせいぜい自宅でゲロ吐く程度で済んでます。偉いぞ！

5年経って……

四十二歳現在、なんとほとんど酒を飲まなくなった。月二回ほど、付き合いで飲むくらいだ。もう一生ぶん飲んできたしこのくらいの酒量をキープしていきたい。

丈

現役女子がホンネで語る
アソコのサイズのウソ・ホント

私は長年自分の身長が大きなコンプレックスでした。一五八cm。「ふつうじゃん……？」って感じだと思いますけど、最低でも一六〇cmは欲しかった。どうしても欲しかった。あと親の背丈が両親ともかなりデカいこともあって、「こいつは将来大きくなるだろう」と足の太い仔犬みたいな期待をかけられてたんですよね。実際十歳くらいまでは男子含めてクラスで一番背が高かったんですがそこで骨の成長は止まりました。スパッと。「背が高くて（ついでに手足も長くて）かっこいい人」になるのは骨格からムリ、というのがいよいよ決定した十四歳あたりから、自分の中の理想と現実の乖離《かいり》に苦しむお決まりの思春期の暗黒がやって来たのでした。

まあね、生まれたときから自分の見た目に不満が無くてずっと好き♡な人なんてほとんどいやせんですよ。SSレア。みんなだいたいどっかは己のガワに不満を抱えて生活している。でもこんな分かったふうなこと吐かせるのも私が身長コンプレックスから解放された後だからで、渦中にいる間はもう頭の中はそれだけでいっぱいで毎日毎日グルングルンしていた。

じゃあどうやってコンプを無くしたのかというと、ぶっちゃけ身長って泣いても喚《わめ》いてもどうしようもないというか、「スネの骨を一回切って間を足す」という手術があるというのは聞いたことがあるけどそこまでする勇気がなかったし、とにかく気合とか努力じゃしょうがない領域のコンプレックスなんですよね。となるとあとはもう「どうやって諦めるか」という落とし所に持っていくしかない。私の身長コンプレックスは十年以上に渡って血の滲《にじ》むような「諦める努力」をしたことにより解消された感じです。後ろ向きだ。でもとりあえず心は穏やかになった。

しかし「女子の身長コンプレックス」で話題にあがるのは、どっちかというと「背が高いのが悩み……」の方が多い。漫画でも「憧れのカレより背が高くて嫌われてしまう」というネタを何度か読んだ記憶がある。実際身長の高い女の人に話を聞くと「背が高いことで男にヒかれた」経験は珍しいものではないっぽい。身長さえあればどんな服でもシュッと決まるしかっこいいし人生文句なしだと思ってたので、これを知ったときには本当に驚いた。女性誌がモテ・愛されブーム華やかなりしときは、身長高め女子はデートでのハイヒールＮＧ、ちっちゃく見せるコーデテクなんてのも掲載されていた（今もあるか）。

まあ、私が自分の身長にコンプレックスがあるように、男性でも身長コンプの人はたくさんいるんだろうけど、自分と付き合ってくれる女の子の背が高いからってヒくなよ、靴の選択肢狭めさせんなよ、猫背にさせんなよとは思う。背の高い女性と背の低い男性のカップルを見て「ププッ男の方ださ～いみっともな～い」とか思う奴がいたとしたらそいつがドクズなだけだし。堂々と肩を並べて歩いたらいいじゃないすか。背が低いことそのものはちっともダサくないけど、パートナーに「お前さー俺と一緒に歩くときはヒール履くなよなー」とか言うのは非常にダサいしみっともないと思う。

あと背が高い女子のお悩みで「つらい」とマジで思ったのが「生意気と言われる」。何それ……？　って感じじっすよもう。朝起きて寝床から出て二足歩行するだけで「生意気」って、もう完全に言いがかり。すれ違いざまに骨が折れたとか株価が下落したとか言って因縁つけてくるチンピラと同じ。だいたい「生意気」という言葉自体がもう見下しテイストしかないじゃないすか。「本来ちっちゃくてすみっこにいるべき女なのにデカいだなんて、生意気！」ってことでしょ。知らんがな砲発射しかない。

じゃあやっぱ女子は小柄なほうがトクなのか？　っつーともちろんそんなことはなく、今度は「ナメられ」が発生するんですね。この前Twitterで「かわいい動物画像♡」みたいな無断転載クソアカウントが流れてきてつい見ちゃったんだけど、子アリクイの威嚇《いかく》のポーズ（ググってください）をみんな「かわいい～♡」とか言ってるんですよね。でも私は泣けてしまった。必死に己をでかく見せようとするアリクイの姿に。少しでも自分をでかくして敵を追い払わんとするアリクイの気持ちが分かるからです。背が低めというだけで半人前みたいな目線で見られ、ブチギレて憤っても半笑いでいなされる。職場でパワハラセクハラされたとき、知り合いとケンカになったとき、道歩いてて変なおっさんに因縁つけられたり追いかけられたりしたとき、何度「三分間リチャード・キール（※米国の俳優。故人。身長二一八cm）になれるボタン」が欲しいと思ったことか。これは背が高くなりたい願望を諦めた今でも欲しいです。「かっこよくなりたい」でなく、「強くなりたい」「ナメられたくねえ」由来の渇望。

でもさ、背が高いから生意気とか強そうとか、背が低いから弱っちいとか子供っぽいとか、マジでバカみたいというかジャスト・ザ・バカの言うことですよね。そしてここでバカの言うことなんか気にすんな！って言ってシメたい気持ちと、そうは言っても気になるし嫌な気持ちになるのはどうしたらいいんだよって気持ちが半々にあるんですね。コンプレックスを刺激されたりそれに対して嫌な言葉を投げかけられたりしたとき、仏のように全て受け流せればそれは理想かもしれないけど、ムリだし。受け流したくないし。怒りたいし。やっぱブチギレマジ怒りするのが一番正解なのかな？　どうしようもないことは諦めるしか無い。でも外野がウダウダくだらねえことぬかしてきたらブチギレろ。これが一番精神衛生にいいコンプレックスとの向き合い方な気がします。

余談だが九〇年代の厚底ブームは身長コンプ持ちには本当にありがたい流行だった。もちろん履いてましたよ。ましたとも。ブーツだけでなくサンダルもローファーも全部厚底。ウォーキングに行くときすらも厚底スニーカーでガッポンガッポン歩いていた。厚底、当然普通の靴より重いので、昭和のスポ根マンガの鉄下駄状態になりふくらはぎが無意味に太くなったりもした。今はもう全てを差し置いて優先するものは「楽」であれかしという生活なので、厚底だろうがヒールだろうが地面から三センチ以上足が離れる靴はほぼ持ってないですけど、なんかまたちょっと流行が巡ってきてるっぽいので、買ってしまいそうになるのを必死に抑えている。もうね、肉体のあらゆる「首」の部分にガタが来てるので今、あれ履いたら確実にコケて大惨事になると思うから……。

5年経って……

厚底、また流行になりましたがやはりコワいので履いてません。

性　セックス、性器、ROCK & ROLL。(前編)

先日行われた担当S氏との打ち合わせの席で、ここらで一つ「大ネタ」をかましていきましょうかという話になった。大ネタ。つまり下ネタだ。この半年ほど内外タイムス的釣りタイトルで勝手に実験したりいろいろやってみた結果、ネットでの情報収集に熱心でポップカルチャーの流行から世界情勢までアンテナびんびん物語になっているトレンディな読者諸君が最も求めているのは「悪口」と「下ネタ」という結果が出た。いいね。原始的な欲望。人間を因数分解していくと結局最後にはそういうセックスとバイオレンスと、あとは唐揚げ食いたいとかそういう純粋な気持ちだけが残っていくわけです。というわけで性器の話をしていく。

で、みなさん好きですか？　女性器。実家の両親も読んでいることでおなじみの本稿ですがわたくしこと王谷晶は大好きです。女性器。イエー！　ブツの自他を問わず総合的に関心があるし愛している。全世界の女性器が幸せに健やかに過ごせますようにと願ってやまない。女性器を侮辱《ぶじょく》したり痛めつけようとする輩《やから》は許さねえ。具体的には呪う。一生大好物を食べるとき必ず長〜い髪の毛を五本以上食ってしまう呪いをかける。はいかけた。今かけた。

しかし「好きなもの＝詳しい」とは限らないのが世の常で、逆にアンチのほうがファンより対象物に詳しくてなんならウィキペディアもマメに更新しているとかはよくある話だ。私も女性器に詳しいか？　と問われるとそうでもないのに気付いた。「まあ自分にくっついてるし」という「当事者の驕《おご》り」でリサーチや探求を欠いていたのは否めない。そんな怠惰《たいだ》を反省し、今回はズバリ「女性器ってなんなんだ？」をテーマに進めていこうと思う。

そもそも性器って他の臓器とどう違うんだ？　と辞書を引いてみれば「生殖器官。生殖器」と出た。えっ、そんだけ。ずばり言うと、そんだけが定義らしい。生殖、つまり人間を増やす機能が搭載された器官、それが性器。雑！　そういえば昔レンタルビデオ屋でバイトしてたとき「尻の穴は性器ではないのでモザイクをかけなくてよい」という明日から使える無駄知識を得たことがあった。しかし尻でなくとも先天的でも後天的でも生殖する機能がない／失われた「性器」は性器でなくなるんかいオラッとも思う。だいたい全ての動物にとって生殖は生きる主目的だろうが、人間様はそこを逸脱／超越した変態生物であるというのが持論なので、ここでは生殖する気のあるなしでその部分を分けて考えるのは一旦《いったん》置いておきたい。

まーそれで、アレですよ。女子にとって女性器って、自分の身体であるにもかかわらず微妙に「距離」のある存在だと思う。特に若い時分は。だいたいですよ、みなさん見たことあります？　ご自分の性器。男性器と違って「見よう！」と決意行動しないと自分のブツでもなかなかご尊顔を拝すことができないのが女性器というやつで、私は自分のがどういう塩梅《あんばい》か見てますけど、それもけっこう大人になってから「……見るか」とわりと覚悟を決めて鏡を手にしたという感じです。しかもそうちょくちょく見てるわけでもないし、実家の親より顔を見る頻度は低いと思う。自分の身体なのに。インターネットが普及してからは、自分のは見たことないけど他人のは見てるという女子も少なくなかろうと思う。

私の好きな『フライド・グリーン・トマト』という一九九一年制作のアメリカ映画があるんですが、この中で夫婦生活の危機を何とかしようとあちこちのセミナーに顔を出している中年女子エヴリンがわりとフェミニズム寄りの集会でいきなり手鏡を配られ「さ！　自分の性器を見てみましょう！」と言われ慌《あわ》てふためくというシーンがある。これを観たヤング晶は「あ、そういえば、見たことない、自分の……」と思い至ったわけですが、三十年近く前とはいえアメリカでも「女性が自分の性器を自分で見る」はけっこう「勇気」のいる行為だったのが分かる。

見てどうすんだ、という向きもあるかもしれませんが、見ないと始まらないものもあると思う。自分のそこが好きでも嫌いでも、顔くらいは見ておきたくないすか。最初は若干ショッキングな対面になるかもしれませんし、私も初対面のときは「マジで赤貝に似てる……それも鮮度の悪いやつ……」ってなってその後しばらく赤貝食べにくかったりしましたけど、とりあえずぐっと距離が縮まった感じはした。自分と性器の。そうか、これが私の一部なんだな。こういう塩梅で今まで一緒に頑張ったり頑張らなかったりしてきたんだな。そういう感慨のようなものがあった。というわけで提案ですがどうですか、もしこれを読んでいる方でまだ己の性器と対面していないひと、見てみませんか。鏡があれば一分で済むし、気が乗ればその後小一時間観察してても、ぜんぜんオッケーだし（お腹冷やさないようにね）。しかしここで重要なのが、「私のコレ、なんかヘンじゃない……？」という疑問を持たない、いや持ってしまったとしても、気に病まないということです。なぜなら……というところで文字数が尽きてまいりましたので、ここから先は次週！　性器回その二でお会いしましょう！　まんこ！（言っちゃった）

余談だがよくコントなどで男性が股間を強打し痛みに身悶《みもだ》えるネタがあるが、じゃあ女は股間を強打されても痛くないのかというと当然痛い。普通に痛い。だいぶ痛い。経験があるから自信を持って言える。まだ中学生くらいのときだったと思うが、学校の自転車置き場の柵にまたがって友達とダべっていたとき足を滑らせて全体重を掛けて思いっきり股を鉄骨に強打した。呼吸が止まったしたぶん時間も止まった。今まで交通事故に遭《あ》ったりハードコア腸炎になったり背骨に針を刺されたりいろいろしているが、それを超える痛さだったのは確実だ。女の股間もダメージにはすこぶる弱い。普通に弱い。だからゆめゆめ「女は股間蹴り上げても大丈夫なんだろ」とかアホなことは考えないでほしい。

性
セックス、性器、ROCK & ROLL。（中編）

これを読んでいるということは、あなたはもうクリスマスイブとクリスマスを通り過ぎてきたのでしょうね（作者注：連載時はそんな季節だった）。どうでしたか今年は。ケーキは食べましたか。シャンメリーは飲みましたか。セックスしましたか。突然の不躾《ぶしつけ》な質問ごめんなさい。でもここ二十年くらい、なんでかインターネットでは「クリスマスにセックスするカップルは諸悪の根源」みたいなネタが蔓延《まんえん》しているのです。他人事みたいに言いましたが私もノッてネタにしたことはあります。ありますけども う四十も近くなると他人がいつどこで誰とハメてようがだいぶ相当どうでもよくなってくる。そんなことより迫りくる確定申告のほうが気になる。だいたいセックスなんてイベント時以外にもみんないくらでもしてるわけです。なぜイベントセックスばかりが目の敵にされ、ネットのオモチャにされるのか。もうみんな、そんなめずらしくもないだろ、セックス。二十一世紀やぞ。性器だけに。やったことない奴だって観客としてなら見飽きるくらい見てるだろ。というわけで今回は女性器およびそれにまつわる性交の話をしたいと思います。

その前に前回のシメで「自分の性器を見て、なんかヘンだな……？　と感じたとしても必要以上に気に病むな」という話をしました。そもそも性器にかかわらず人体のパーツにスタンダードなんかないわけで、私の下半身はあなたの下半身と違っているけど指紋から虹彩から髪質まで全部違うんです。ヒトと違ってて当然だし、ましてやフィクションの中のソレと比べるのはすごく無意味。「私、指紋がヒトと違っててヘンだな……」とか、悩まないでしょ。違って当然なんです。

コンプレックス産業で働いていたとき、「性器の色や形を変えたい」というお悩みも何度か目にしました。実際美容外科でその部分の手術をしている所もあります。で、なんでソレがコンプレックスになったかという原因なんですが、「たまたま見たポルノのソレと自分のブツが違いすぎた」「パートナーに形や色がヘンだと言われた」がやっぱり多いんですよね。これは身体の他の部位のコンプレックスにもあるあるだけど、あまりにつらい。悲しい。個人的にはなんで女性器にはまんこ見せてもらってんのにヘンだとかグロいとか言う奴の顔に即座にレーザー砲を照射できる機能が搭載されてないのよ？　と思うけど、セックスする相手の性器の形に文句つけるようなカス人間の言うことなんて聞かないでいいよー！　男女問わず！　どうしても相手の視線が気になるんやという方も、Aがグロいと言ったまんこがBにはあれっルーブル美術館に来ちゃったかな？　ってくらい美しく見えるということもあるので、まんこを相手に合わせるんでなくまんこに合った相手を探しましょう。大丈夫きっといる。でも何より大切なのは、あなたが自分のまんこを可愛がってやることです。艱難辛苦《かんなんしんく》、文字通り血の出るような思いを共に乗り越えてきた仲間じゃないか。優しくしてあげてください。

　というわけでいよいよセックスの話になってまいりますが、ゴメン正直あんまり言うことがない。特に異性間セックスに関して私が言えることは限りなくゼロに近い。経験そのものはしょぼいながらもありますけど、ほぼ全部感想は「無〜 nothing 〜」だったし、そんな奴に語られてもナウオン異性間セックスしてる人らだって腹が立つと思う。じゃ同性間ならどないだ？　と言われても、まあぶっちゃけ相手と場合によるじゃん、セックスってさ……という。沈香《じんこう》も焚《た》かねば屁《へ》もひらないような話ですみませんけど……。

　あといきなりタイトルをうっちゃるようで申し訳ないが、性器を使うだけがセックスではない。あたしらレズビアンはたまに「お前らは本当のセックスをしていない」みたいな暴言を吐かれることがあり、よくよく聞いてみるとつまりそういう御仁《ごじん》は「まんこにちんこを入れることだけが唯一正解のセックス」と思っているらしいんですね。バッカじゃねーの尻の穴から三角コーン入れて前立腺ガタガタいわせたろかと思いますけど、こういう凝り固まったアンバランスなセックス観の蔓延が冒頭の「イベント時にやたらセックスをオモチャにする」という幼稚なムーブに繋がっている気もする。マンチンズッポリだけがセックスと思ってりゃ、そりゃ自分の性生活にも不満が出るし他人のズッポリもからかいたくなっちゃうのだろう。もっとフレキシブルに考えたいよね、SEXについて（ろくろを回しながら）。

セックスに大切なのは、一に同意で二に同意、三四がなくて五に検査。とにかくお互いのヤりたい！というテンションが同程度であること、したいプレイの内容が合致していること。それが何よりいっっっちばん大切なんです。そこさえピッタリならば片方を荒縄で縛って放置して横でサンバを踊り続ける行為も立派なセックスだし、なんなら徹夜でマリオカートするのだってお互いがセックスと思ってりゃセックスですよ。相手が人間である必要もない（動物虐待はやめような）（あと動物には同意とれないから）。でも片方がやる気元気性器状態になっててももう片方がピクリともしない聖人指定状態だったらどうにもならんわけで、そこを無理やりどっちかに合わせようとするとギクシャクするし、手段によっては刑事事件になる。同意。同意です。大切なのは同意。みんな同意をとってセックスしよう。そうしなければそれはセックスではなくただの暴力になってしまうし、同意の上でのイチャイチャのほうが絶対絶対楽しいから。

あと言うまでもないけど（言うまでもないはずなんだけど言っても分からないオタンチンが

いっぱいいますが）大人が子供をコマそうとするのは同意があろうがなんだろうが全部駄目ですよ。仮に子供から迫られても応じてはいけません。そこは人を殺してはいけないとかガソリンタンクに角砂糖を入れてはいけないとかレベルの、現代ニンゲンの社会生活基本の基です。子供を守るのは大人の義務です。大人から子供への性行為は加害行為なので守ることの対極にあります。だからやっちゃいけない。脱税してもいいからそこは守ろう（脱税もしてはいけません）。

余談だが初めて「セックスとは何か」というのをみなさん何で知りましたでしょうか。うちは十歳なるやならずやのときに当時NHKが放送していた「驚異の小宇宙・人体」というマジメな科学番組およびそれのコミカライズ本をテキストに、親が一切のごまかしや照れなしで何を何処《どこ》にどうしたら子供ができるのかという話を中心にみっちりしてくれました。そのせいか身体や体調の変化とかわりと家族間で話しやすくなったし、やっぱヘンにひねって話すよりは真正面から解説したほうがよいのだと思う。おかげでエクストリームなエロ本を見ても「これはフィクションだな」とちゃんと認識できたし、異性とヤッてた時期も恥は捨てても避妊具だけはしっかり握りしめておりました。やっぱ教育。教育だいじ。本来は国が先導して具体的かつ児童から老人までのQOLを上げるような性教育をきちっとやるべきだと強く強く思う。現代ニッポンのクソ問題の三割くらいは「性教育が行き渡ってない」が原因なんじゃねえのかと思うことがままあるので……。

5年経って……

イベントセックスをいじるインターネットの〝ネタ〟も今はほとんど見なくなった。いいことだ。

性

セックス、性器、ROCK & ROLL。（後編）

「性器」をやると決めたときからクライマックスはここに来ると確信していた。改めて強く主張したい。この少子高齢化社会、オナニーとの向き合い方こそが二十一世紀の人類におけるQOLの鍵だと。ところでもうさすがに「女には性欲はない」とか言ってる御仁《ごじん》はおりませんよね。いる？　まだ？　マジ？　まだくたばってない？　あらやだ。おとうさーん！　火炎放射器持ってきて！

正確には、男女を問わず、性欲があるやつはあるし無いやつはない。その濃淡も人それぞれで、基本二十四時間年中無休というコンビニ性欲の人もいれば年に四回くらいムラッとするという歳時記みたいな人もいる。ぜんぜん無い人も当然いる。思ってるよりいっぱいいいる。「男、特に若い男なら常に女にギンギンに欲情してて当然」「女は男ほど性欲ない」「老人は性欲ない」「ゲイは全員相手問わずでやりまくり」「レズビアンはチンポ生やして女とやりたがってる」などなど、人の性欲に対する偏見・ステロタイプは枚挙にいとまがない。もうやめましょうそういうの。はいやめ！　今からやめ！　だってもう二〇一九年なんだもの。レプリカントが脱走し金田と鉄雄が激突する年にそんな根拠レスな偏見持ってたってなんもいいことないもの。

で、自慰。オナニー。呼び方はいろいろですが、ここではざっくり「自分で自分の性欲を解消する行為」くらいで定義させてください。さすがに最近は「オナニーしてるとバカになる」みたいな非科学的なことを言う人は少なくなったと思いますが、私はこの行為、性欲ありありの人にとっては本当に大切なものだと思ってます。

初回にも書いた通り、「何かの目的のためではなく、ただ自分の肉体を見たり触ったり考えたりしたい。何の役にも立たないカラダの話がしたい」がこの連載を始めた大きな動機です。オナニーはまあ目的があるっちゃあるけど、この理念にだいぶ近い行為だと思う。自分で、自分の身体と、向き合う。自分が何が欲しいのか、どう欲しいのか、これほど自分の気持ちや欲望に素直になれる瞬間はなかなかないと思う。

特に女子の性欲は、それを自分だけのものにして大切にするのが、悲しいことにけっこう難しい。気がつくと勝手にむしり取っていこうとする奴や無視してないがしろにする奴に粗末に扱われ、嫌な思いをすることもある。そんなときにはオナニーだ。他人なんか必要ない。あなただけが、あなたを一番気持ちよく整えることができる。それは決して虚しい行為なんかでなく、欲望と肉体を自分のもとに取り戻し癒やす大切な行為なんだ。オナニーはあなたが何歳でどんな容姿か気にしない。どんな欲望も受け入れる。自慰の自は自由の自です。

しかし最近はっと気付いたのが、この社会で一般的に言われる「エロ」って、実は人と人が共同作業をする「セックス」ではなく独りで愉《たの》しむ「オナニー」がメインなのではないだろうかということ。エロとカテゴリされているコンテンツ、品物、さまざまありますけど、基本対人セックス用のものよりズリネタのほうが多く発表されているし、流通している。日本は世界規模でセックス頻度が低い国らしいですが、じゃみんなエロくないのかといえばオナニーに使うネタや道具はコンビニやらキオスクやらドラッグストアでも簡単に入手できる状態（またこれがシスヘテロ男性用品に極度に偏ってるのが最悪だなと思うんですがとりあえずそこんとこは今は置いておく）。

で、新年一発目の問題提起をしますが（問題提起星からやってきた問題提起星人なので）、自分の考えてる「セックス」が実は「オナニー」なこと、ありませんか。対人コミュニケーション（プロの人が相手でもですよ言うまでもないけど！）が必須のセックスと自分だけエンジョイさせることが目的のオナニーを同じ「エロ」で一括りに考えてるから起きるトラブルや軋轢《あつれき》というのは、確実にあると思う。ていうか対人セックスで起きるトラブルのかなりの割合がこれなのではと思うくらい。特に片方が痛いと言ってもやめようとしなかったり、してほしくないことを伝えられなかったり、それを聞いても無視したりするコミュニケーションができてないセックス。

そういうことしちゃう御仁はもっと真面目に自分の性器と、自分のオナニーと向き合ってほしい。今自分を喜ばせているのは自分だという自覚を持って、自性器と他性器の境界をしっかり認識してほしい。セックスとオナニーは違う。似て非なるものだ。どっちも楽しいしうまくやれば素晴らしいものだけど、意外と混ぜるな危険案件なのだ。他人の身体を使ってオナニーしちゃいけないし、自分しかいないのにセックスしてると思い込むといろいろ面倒なことになる。セックスするならオナニーのようにしてはいけないし、オナニーするなら、これはセックスと同じだと思ってはいけない。自慰の自は自我の自です。

余談だが私が通っていた女子高はド田舎のくせに「良妻賢母」よりは「質実剛健」寄りの校風でわりと息がしやすかったのだが、性教育も今考えるとそこそこちゃんとしていた気がする。今でも覚えているのは保健体育の授業、笑顔のないアニマル浜口のような体育教諭（女性）が「お前ら！　オナニーするときはちゃんと手を洗ってからしろよ！」と真顔で力強く諭《さと》したことだ。高校三年間の授業で得た知識で今も覚えているものはそれ一つだけだが、おかげで炎症や膀胱炎《ぼうこうえん》とも無縁な健やかな自慰ライフを過ごせてきた。同窓会には一切参加していないが、あの先生には会えたら一度お礼を言いたいなと思っている。先生、お元気ですか。今も先生のあの教え、ちゃんと守ってますよ。

舌 ナメナメするとき、されるとき。

スイーツ（笑）

このフレーズでこめかみに『AKIRA』の鉄雄最終形態ばりに青スジが浮いたあなた、おそらくアラサー以上のヘビーネットユーザーですね。そう、かつて女はインターネット上でこう呼ばれていた。スイーツ（笑）とは甘味や菓子を笑っているのではなく、女性への蔑称《べっしょう》である。甘い物をスイーツと呼び愛好している主に若年層の女性を馬鹿にする意図でこのフレーズは生まれた。最近はさすがに廃《すた》れたようだが、この蔑称に含まれる、流行やかわいいものキレイなものに敏感で休日は話題のカフェやテーマパークなどに出かける女性たちを揶揄《やゆ》する思想は今も脈々と残っている。Instagram ユーザーへのデマまで使った過剰なバッシングや、ナイトプールでの嫌がらせ行為などにその片鱗が見てとれる（ちなみにスイーツ（笑）というフレーズが廃れてネットでの女性蔑視が無くなったのかといえばもちろんそんなことはなく、最近はいかな私でも書くのを憚《はばか》られる「女性器の蔑称」で女性全般を呼ぶのがクソ野郎共のスタンダードとなっている。THE・悪化。人類は後退している)。

さてこのマクラで今回はカラダの何について話すかというと、舌です。ベロ。会社なんかで「女の子は甘い物好きでしょ」とか言われて全国に千種類くらいありそうな「ジェネリック萩《はぎ》の月」をお土産として貰ったことありませんか。まあ美味いですよ。ふわふわスポンジにまったりクリーム。オヤツに最適な一品ですけど、気になるのはその前段階、「女の子は甘い物好きでしょ」の部分だ。よしんばほんとに甘い物が好きでも「別に……」と内なる沢尻エリカを召喚《しょうかん》したくなってしまうこの雑な決めつけ。確かに女の子は甘い物が好きな人が多い。おばはんだって好きだ。しかし男の子とかおっさんだって甘い物が好きな人はいっぱいいるのだ。味覚に性差なんかあるかいな。私の実父など酒は一滴も飲めず将来は和菓子で出来たお菓子の家(数寄屋《すきや》造り)に住みたいと日々夢見ているような男だ。娘の私はジャーキーとかアタリメとかコノワタとかさけるチーズで出来てて蛇口《じゃぐち》から芋焼酎《いもじょうちゅう》が出てくる家に住みたい。そういう甘党男子、辛党女子は全国にいくらでも存在しているはずだ。身近にいる女子は全員甘党でご飯にハチミツ掛けて食っていて男子は全員酒とブラックコーヒーと唐辛子《とうがらし》しか食ってませんなんて人はいないだろう。味覚なんて人それぞれだって、みんな実感として分かってるはずなのに。

味覚って当たり前にパーソナルで、そこに育った地域とか環境などの外的要因が重なってさらに個性的な味の好き嫌いが出来上がっていく。しかし以前年上の女性の知人から「若い頃ブラックコーヒーを飲んでいたら職場の先輩に女のくせに生意気だと言われたことがある」という話を聞いてびっくりしたことがある。生意気って、生意気ってなんなのさ……！　似たような話は注意深く人様の会話に耳を傾けているとけっこうあるもので、「激辛が好きな女はヒくと言われた」とか「甘い物が嫌いなんて素直じゃないと言われた」とか、ハァ?!　なエピソードをいくつも聞いた。まあこれが職場の先輩程度だったらやかましいわボケおどれの鞄の中にコーヒーフレッシュ三リットルくらい流し込んだろかと舌打ちする程度のものだが、同じ食卓を囲む家族やパートナーにこれをやられたらたまらない。

私は複数人が生活を同じゅうするにあたって「メシ」というのはかなり大きな比重を持つ要素だと思っており、共同生活における対人トラブルの三割くらいはメシ周りの感覚の不一致や労働量の不均衡《ふきんこう》が起因であるという学説も打ち立てている。文字通り同じ釜のメシを食っている相手に「お前の味覚・嗜好《しこう》は生意気だ」などと言うことは茶碗にトイレ用洗剤をブチ込まれても文句は言えぬほどの心無い行為である。さらに作ってもらっておいて「お前の作るメシはマズい」などと言うことは最早《もはや》宣戦布告。朝飯でそれを言ったらその日の昼飯は法廷か病院で食うことになるレベルのｄｉｓだ。「メシマズ」というネットスラングがある。以前は「メシマズ嫁」まで書かれていた。

読んで字の通り「(作る)メシがマズい嫁」のことだ。もう二十年以上前から「メシマズ嫁」のメシがどのようにマズいかをネタにし競い合う遊びがネット上では延々と続いている。誰だってメシがマズいのはそりゃ嫌だろう。しかし人類全員がうまいメシを作れるわけではない。ムカつくのはこの「メシマズ嫁」というフレーズに滲《にじ》む「女、それも結婚した女はウマいメシが作れるのが当たり前である（のでマズいメシを作ったらdisるがウマいメシを作っても当然のことなので特に褒《ほ》めもしない）」という意識だ。料理が下手で味覚がウルトラ独特な女もいるよ。そりゃいるよ。人間だからな。でも作る料理がマズかったり甘い物が苦手だったり辛いものが好きだったりすると「女失格」のように扱われ、逆に甘い物大好きでお料理上手だと勝手に「いいおヨメさんになれる」と頼んでもいない進路計画をキックオフされる、そんなのはもうたくさんだ。はっきり言うが不当な扱いだ。女にはマズいメシを作る自由だってある。家で好みの味付けのうまいもん食いたいのにパートナーが作ってくれないというのなら、食いたい人が自分で台所に立てばいいだけの話なのである。

余談だが中学二年生のとき、標本にしたいような絵に描いたような中二病だったので、小太りであったにもかかわらず「甘い物嫌いキャラ」を演じていた。最初は意地で甘い物を遠ざけていたのだが、上京し酒の味を覚えるとほんとに甘味が苦手になってしまった。その後節酒生活を始めたらまた羊羹《ようかん》とかアイスを美味しく感じるようになったのだが、困ったことに今度は酒を再開しても普通に甘い物がうまいという、アルティメット不健康ターンに入ってしまったのだった。この原稿も干し柿を齧《かじ》りつつ芋焼酎を飲《や》りながら書いておるわけですが、頭の右斜め上くらいに「人生太く短く」という標語がポップアップされているのを幻視しています。正月の残りの栗きんとんとか伊達巻《だてまき》もこれまた酒に合うんだよな。

匂　××の匂いのする女の子は好きですか

私の本業は下ネタ製造機ではなく一応小説家なのだが、情景などを書くとき若干悩みがちなのが「匂い」の描写だ。成人するまで蓄膿症《ちくのうしょう》を患っており、あらゆる匂いがよく分からない人生を過ごしていたからだ。症状はいま思うとけっこう重くて、カレーの匂いとかドブの匂いみたいなパンチのあるスメルでも感知できないことが多々あった。

「鼻の穴に超長い金属棒を挿入する」「細いホースを鼻に突っ込んで水を流しっぱなしにする」等の電撃ネットワークのようなハードな治療の末いまは快癒しているのだが、よって青春の記憶に「匂い」があんまり無い。どっちかというと嫌な思い出のほうが多い。自分には匂いがぜんぜん分からないのに他人には臭いと言われるアレである。各所に書いてるが子供時代から今に至るまでわりかしエクステンデッドな貧乏暮しをしており、学童期も風呂は三日にいっぺん入れればいいような環境だった。今こそ毎日風呂に入れるにもかかわらず人に会う用事がなければ平気で一週間顔も洗わない生活をしがちな私だが、当時は学校でくさいくさい言われてほんとにイヤだった。また貧乏のくせにロハス家庭だったもんで合成洗剤の類は一切使用不可、洗い立ての髪も洗濯した服も廃油石けんくさいという理由でハブられがちであった。自分じゃ分からない匂いのことであれこれ言われるのはしんどい。なので一人暮らしを始めて真っ先にしたのは、合成香料がゴリゴリに入った洗剤とシャンプーとコンディショナーとボディソープを買って、全身を人工的なフローラルスメルで覆い尽くすことだった。自分の身体や服からケミカルな匂いがするのを感じて、これでやっと「世間」に参入できたとほっとしたもんである。

世間様？　ケッ！　みたいなわたくしにもそういうウブい時期があったわけですが、しかしこれ、私が男子だったらあんなに気に病んでたかなというのはちょっと思ってしまう。「女の子はいい匂いがして当たり前」みたいな「世間様」の空気に染められていた感はある。

二十年くらい前編集プロダクションでバイトしていたときにアダルトグッズカタログの仕事を手伝った話を前も書いたが、そのカタログの中に「人妻の匂い」とか「OLの匂い」みたいな「匂いグッズ」がいくつかあった。中身はフツーの安コロンみたいなものだったらしいが、つまり「女の子はいい匂いがする（はず）」というファンタジーを底支えするアイテムなわけだ。女性向けアダルトグッズも近年はバリエーシヨンが増えてきたが、「丸の内サラリーマンの匂い」とか「歌舞伎町ナンバーワンホストの匂い」みたいなアイテムは寡聞《かぶん》にして存じ上げない（一応探してはみたけどなかった。あったらごめん）。近いもので、二次元キャラのイメージ香水か芸能人男性がプロデュースした香水とかがあるくらいか。

当たり前だけど、女子はデフォルトでフローラルな匂いがしているわけではない。いかな美女でも夏場に五日も風呂をサボれば油粘土を添えた刺身みたいな匂いになる。シャンプーとかコロンとか柔軟剤がいい匂いをさせているのだ。「女の子の匂い」は後付品なのです。

しかし日本の、特に都市部で暮らしていると、ヒトとヒトの距離が物理的に近いなとしみじみ思う。満員電車は言うに及ばず、仕切りのないオフィス、学校や会社の空気のこもった更衣室、狭い立ち食い蕎麦《そば》や居酒屋、テーマパーク、新宿駅や池袋駅の濁流のような人の流れ。誰かの肩に触れないで日常生活をおくることはほぼ不可能だ。そんだけ他人と近いと、当然匂いも感じる。「日本人は匂いに敏感だからデオドラント製品がよく売れる」という話を聞いたことがあるけど、敏感というか、いろんなものが狭くて他人との距離が近いから気にせざるを得ないというのが実情なんではと思う。

生乾《なまがわ》きの雑巾《ぞうきん》みたいなバッドスメル服で満員電車に乗るとかはそりゃ論外だけど、

匂いというものが（無臭であることも含めて）「身だしなみ」「マナー」から離れてもっとパーソナルになればいいのになと思う。生き物なんだからどんなに洗っても完全な無臭にはならないわけだし、「いい匂いがしてないといけないから」と甘い花やフルーツの香りを常に漂わせていないと不安になる必要も、ほんとうは無い。いわゆる「オンナっぽいいい匂い」じゃない香水もメジャーになったら楽しいな。付けてる人が自分で嗅いでて落ち着く匂い。朝一番のパン屋の匂い、夏の終わりの海の匂い、あの店のベーコンエッグの匂い、夜中の駐車場であいつがバイクを360度ターンさせたときのタイヤの焼ける匂い。などなど。想像するとけっこう楽しい。

最近若干疲れ気味のため今回はなんだかポエミーになってしまったが（詩は疲労に忍び寄る）、とにかく髪や肌の匂いすら「こうでなきゃいけないんだよ」があるのはさびしい。いい匂いのしない女の子だってぜんぜん好きだ。いやフェチとかそんなんちごて。人間そもそもほっといたらいい匂いがするわけがないので、多少汗臭いくらいなら自分の匂いにも他人の匂いにもある程度は鈍感でいたほうが気がラクだと思う（アレルギーや過敏症の場合はまた対処が違うと思いますが）。男子向けのコスメもメンソールメンソールせっけんメンソールばっかで選択肢があまりにとぼしい。薔薇の香りのするサラリーマンや硝煙の匂いのする小学校教諭がいたら楽しいじゃないすか。

香水やコロンという趣味ジャンルもはまるとかなりの沼と聞くが、最近はいろいろカスタマイズできるというので自分だけの一瓶をいつか作ってみたい。実家の猫のおでこの匂いとか。ビニール袋に入れて吸いたくなるな。

　余談だが、そう、鼻が通るようになって一番最初に感動したのは「猫はいい匂いがする」ということだった。あいつらのあのちっちゃい額からはなんとも言えない甘こうばしい匂いがする。着の身着のままでオシャレで可愛く、そのうえ風呂にも入らないのにいい匂いがする、猫というのは生命体としてほぼ完璧な存在である。叶うならば、生まれ変わったら猫になりたい。それも金持ちの家の飼い猫になりたい。まろやかに肥えた腹を日向にさらし昼寝をし、飯をたくさん食っては褒《ほ》められ、でかいウンコをしては褒められ、何もしなければしないほどキャワイイと褒められ一生を終えたい。人の身で生きるにはこの世界いろいろややこし過ぎる。ものすごく頭のいいマッドサイエンティストが世界人類ネコ化計画とか実行してくれないもんだろうか……（疲れてます）。

顔

「表情」で分かる！今夜イケる女子の深層心理分析

この連載の担当編集者であるS氏（女性）とネタ出しのためのやり取りをしていた際、「身体のパーツというのとはちょっと外れると思うんですけど、『表情』で一回やってみませんか」と言われたので、確かにパーツじゃないけど面白そうだなと思ったのだが、続けて「私、昔、愛想がないという理由でバイト先のおでん屋をクビになったことがあって……」という切な過ぎるエピソードを頂いた。思わず爆笑してしまったので枕に使わせてもらったが、よく考えると笑い事ではない。「女子と表情」は、下手すると一生の命運や生死にまでも関わってくるクリティカルなマターだ。例によって釣りタイトルで姑息《こそく》に衆目を集めながら、このシリアスな問題について掘り下げていきたいと思う。

表情と言っても細かいことを言えばキリがないので、ざっくり「喜怒哀楽」で分けさしてもらいまひょ。というわけで第一回は「喜」、喜びの表情です。要するに笑顔ですね。笑顔というのは基本的に「よいもの」とされている。が、「女子と笑顔」となると、これがまたいろいろな「やなかんじ」が付きまとってくるのですよ。

女は愛嬌《あいきょう》！ 笑顔が一番の化粧！ むくれてると可愛くないよ！ ほらおねーちゃんもっと笑って笑って！ ブスでも愛想よくすれば場が明るくなるんだからさあ！

これらの鬼クソファッキンワードをぶつけられずに大人になれた女がどれほどいましょうや？ 別に日本に限った話でなくて、欧米でも女性に「SMILE（笑って！）」というのは場合によっちゃ侮辱《ぶじょく》、性差別の一環として認知されとります。笑ってっていうのがどうして侮辱になるの？とお思いの御仁《ごじん》、じゃ同じ言葉を男性や目上の人にも言いますかね？ 飲み屋で隣になっただけの初対面の男性に「もっとニッコリしてよ！ 愛想がないとモテないよ？」とか、取引先の部長さんに「そうカタくならずに笑顔、笑顔！」とか言いますかい？ということなんですね。相手の表情、感情を自分に都合がいいようにコントロールしようとするのは、相手の感情を尊重せず、見下しナメくさっているからできることなのだ。

感情労働という言葉を最近よく聞くようになった。ウィキペディアによると〈感情が労働内容の不可欠な要素であり、かつ適切・不適切な感情がルール化されている労働のこと。肉体や頭脳だけでなく「感情の抑制や鈍麻、緊張、忍耐などが絶対的に必要」である労働を意味する〉とのこと。つまりスマイル0円のことですね。本来「笑顔」は業務に直接関係ないのに、必要以上にニコニコ人当たりを良くしないと責められるシチュエーションのこと。担当S氏がおでん屋をクビになったのもそのせいだ。おでんを作って売ることは問題なくできても、ニッコリきゅるるん☆とした接客ができないと解雇されてしまう。腹の立つ話である。笑顔で大根がしみしみになるのか？　微笑みではんぺんがふっくらするのか？　これが高いサービス料も料金に含まれているホテルのレストランとかならまだ分かるが、おでん屋ですぞ。先に挙げたマックのバイトもそうだけど、日本はただでさえ給料が安いのにそこに「サービス」として従業員に感情労働を強いる現場が多過ぎる。これに男女の別はあんまりないと思うが、女子は仕事の場を離れても笑顔を求められ、応えないと「かわいくない」「生意気」「愛想がない」「クソ女」などと評価されてしまうのが問題だ。家庭で、親戚・近所付き合いで、そのほかびた一文の報酬が発生しない現場で、何かと笑顔を強いられることは多い。それに無表情の男性は単なる無表情の男性として評価されるかもしれないが、女が無表情だととたんに「小生意気」とか言われる。昨日の昼飯に何を食ったか思い出そうとしてるだけでも「怒ってるの？」とか言われるのだ。笑ってないだけで。「笑ってよ！」というのはつまり「おもてなししてよ！」の意だ。何の好意も義理もない相手にタダでおもてなしをしてやる理由は本来まったくないのだが、女子の感情労働はやって当然、やれてフツー扱いされているため、それが労働だというコンセンサスすら一般化されていない。女の子はニコニコしてなきゃダメ、くらいの勢いだ。

でもそんなのナンセンス。おかしくもねえのに笑えるかってんだ。そう、笑ってないってことはいま笑いたいようなことがないってことなんですから、それをそのまま受け止めてくれ。あんまり女子に笑顔を強要すると、いつか全員ジョーカー（バットマンの悪役。にこにこ笑いながら毒ガス撒《ま》いて大量殺人とかする）になっちゃうぞ。

笑顔を作るには表情筋を動かさねばならず、筋肉を動かすのにはカロリーが必要で、カロリーを摂取するにはカネがかかるんだ。笑顔が見たけりゃそれ相応のカネを払うか、笑わせたい相手が自発的に笑いたくなるようなムードを作れ。っちゅことです。

笑顔はすばらしいものです。その人が笑いたいと思って笑ってるときは。でも無理矢理笑わせた顔はただいたずらにその人のカロリーを消費してるだけ。時給八百円台とかで働いてる人に完璧な笑顔や礼儀正しい接客を求めないで。一緒に暮らしてる家族や親しい人を無理矢理笑わせておもてなし要員にさせないで。そして「あーわたし、今日も笑いたくないのに笑ってしまった……」となった人は、せめてもの慰めに美味しいものを食べて滋養をつけてください。

これからの女子に必要なのは「笑顔の練習」じゃなく、「しかめっ面の練習」なのかもしれない。よう知らんアホから「ねえ笑ってよ！」と言われたら、すかさずギャングスタラッパーのような渋い表情で「はぁ？？？？？？」って返せるように。

余談だがこの一年ほど仕事で写真を撮られることが増え、正直プレッシャーなのだがこれも商売の一環としてあちこちでつまらん面を晒《さら》させていただいている。で、やっぱり自然と笑顔を作ってしまうんですよね、撮られるとき。でも本当はバンドのアー写みたいな、こだわりのラーメン屋店主みたいな、一切笑顔のないクールな写真でいかつい キャラを押し出したりもしてみたい。インスタなどで若い女の子たちの自撮りを見ていいなあと感じるの、笑顔の写真ってあまりないのですよね。みんなオツにすましたりクールな眼差しをしている。あれ、とても素敵だなと思う。笑いたくないときに笑う必要はないんだ、私は笑顔じゃない顔もかわいいんだ。そういう感覚が一般的になっている最近のヤング、とても頼もしい。今年は私もビッとした著者近影を撮影したいと思う。せっかくモヒカンなんだし、ちゃんと髪立ててトゲ付き肩パッドとかも装備しようかな。

顔

「ヒステリー女子」はもう怖くない！
達人が伝授する「怒った女」の究極トリセツ。

今回学べるのはトリセツはトリセツでも「取扱説明書」ではなく「取り殺す勢いの切実な怒り」のほうだ。覚悟しとけよ。というわけでシリーズ「女子と表情」、二回目は喜怒哀楽の「怒」であります。私はここ何年かおこりんぼ大将の名をほしいままにしている。主にTwitterで常にブリブリ怒りまくっているからだ。オフラインでもけっこう怒っている。デモとか参加して怒鳴りまくってる。世の中には怒りのネタが多過ぎる。しかしこんなにはっきり自分の怒りを表に出せるようになったのはほんとここ最近、年齢にして三十を過ぎてから。それ以前の私は凪《なぎ》のような穏やかな性格だった。というわけではなく、胸の中では怒りを感じたりモヤモヤすることが多々あったのだが、それをアウトプットするすべを知らなかったし、もっと言うと「怒ってもいい」ということすら知らなかったのだ。ＳＮＳを始めて一番エウレカしたのは、他人の怒り投稿に触れて「あ、これ、怒ってよかったんだ……」と気付いたことである。それまでの私は怒っていい、ふざけずちゃかさず嫌だと言っていいと知らなかった。

何に対して？　差別と性暴力に対して。

女・独身・中年・同性愛者・元登校拒否児・元引きこもり・BL好き・オタク・メガネ・借金あり・貧乏・実家も貧乏・非嫡出子・本名キラキラネーム・肥満・低身長・低学歴・無免許・飲酒喫煙・ハゲ・自由業・スケベ・地方出身。これが私の箇条書きプロフィールだ。一個一個切り取って売り暮らしていってても向こう三年はエッセイのネタにして食っていける。そう、ネタになるとしか思っていなかった。これらのことを揶揄《やゆ》されても「おいしい」と思ってすらいた。いちいち怒る人はしゃれの分からない、センスのない、世の中の道理の分かっていないイケていないない奴だと思っていた。私は怒らなかった。接客の仕事をよくしていて、笑顔には自信があった。前回の「喜」の回では愛想がないという理由でバイトをクビにされた担当編集S氏のエピソードをネタにさせてもらったが、私は逆に愛想がよく「女はちょっとくらいデブでブスでも愛嬌《あいきょう》がいちばんだよ！」と「評価」されるタイプの人間だった。私は怒らなかった。学校の机にチョークで「レズ」と書かれノートをびりびりに破かれても、水商売をしていて胸をいきなり握り潰すような勢いで鷲摑《わしづか》みされても、持ち場から動けない警備員のバイトで侮辱《ぶじょく》的なことを言われながら身体をじろじろ観察されても、電車に乗ってたら服に男性器を直でこすりつけられても、通りすがりの知らんおっさんにわざとぶつかられたりブス！とかまんこ！とか怒鳴られても、夜勤明けに疲れ切って乗ったタクシーの運転手に延々セクハラトークかまされても、怒らなかった。怒ったところでどうなるんだと思ったし、こんなことで怒るのは「クール」じゃないと思っていた。セクハラもパワハラもにっこり笑ってうまい返しのひとつも言って受け流すのが「イケてる女」。痴漢やセクハラエピソードはギャグとしてテキストサイトやブログにおもしろおかしく書いてアップしアクセス数をゲットし、閲覧者（主に男性）に「女にしてはなかなかおもしろいじゃん？」と「評価」されることが何より大切なことだと思っていた。

ぜんぜん違う（↑ここフォント倍角くらいでかくしといてください∨担当Sさん）

ほんとマジぜんぜん違うぞ。ひどいことをされたり言われたりするたび、平気な顔をしていても確実に私は傷を負っていた。でも、怒っていいって知らなかった。周りの女の人も、そういうことであからさまに怒ってはいなかったからだ。女の人は親しい人も街ですれ違う程度の人も、だいたい怒ってない。機嫌悪そうな人でも、無差別に怒鳴り散らしたり棒やナイフを振り回したり道端の看板蹴ったりはしていない。そして駅員に怒鳴ったりコンビニ店員に怒鳴ったり部下に怒鳴りちらしたりカッとして他人の尻を触ったり殺人したりしてるのは体感八割以上男性なのだが、なぜか「女はヒステリック」「女は感情的」が「世の常識」とされ、「そうならない」ことが「イイ女」の条件のように言われている。私はそれを当然のこととして、空気のように吸い込んできた。この国で生活するほかの大勢の女性たちと同じように。でもそれは当然でも常識でもなんでもない。同調圧力というニッポンの代表的なクソ国技によって感情を押し込められ、口を塞がれていただけなのだ。

それに気付かされたのが、匿名でありつつ個人アカウントでもって、垂れ流し的に発言できるSNSの世界だった。

もう、みんなめちゃくちゃ怒っていた。毎朝の痴漢に、共働きなのに家事も育児もしない家族に、セクハラ上司に、アカハラ教授に、社会に、政治に、因習に、表現に、なんでもかんでも女が怒りまくっていた。そのだいたいに、私も心当たりがあった。私もそういうものにモヤモヤ……いやほんとは怒っていたのだ。それが怒りだと自分でも気付かないくらい、同調圧力に飼いならされてしまっていただけで。これ、怒ってよかったんだ。嫌だって言ってもよかったんだ。それはまるで目から鱗が落ちるようなモーメントだったけど、どっちかというとハルクが鎖を引きちぎるような絵面で想像していただきたい。

ネット上の発言もオフラインのそれと同じく一定の節度や常識をもってやるべきというのは分かる。SNSにはダークサイドもあるのも理解している。しかし今まで口を塞がれてきた人間が、あからさまに怒ったり口答えしても、ネット上なら誰も直接止めることはできない。私が怒りを口にしても、誰も私の顔を殴れない。ここが一番凄《すご》いところだ。身体の安全を確保したまま言いたいことが言えるようになって、私は初めて怒りの感情を自分のものにできた気がする。ＬＯＶＥ、インターネット。

余談だが、自分の怒りを受け止められるようになって、次第に自己肯定感が安定するようになってきた。英語圏の言い回しで「あの人はバスマット」というフレーズがある。つまり人の足に踏まれっぱなしになっている、その状態をよしとしているみたいなニュアンスである。バスマット状態になってしまっている人、リアルで何人も見たし自分もなっていた。その状態のときにハッパをかけられたり、ましてや責められてもどうしようもないことがあるのも知っている。でも「私は踏みつけられてるのがお似合いなんだ」と思うことを、意識して止めるだけでも充分だ。それが戦いの始まりだ。バスマットがお似合いの人などいない。この世に一人もいない。誰かがあなたで足を拭いているのなら、それは不当で、あってはならないことなのだ。怒る元気を出すのってめちゃ大変。わかる。だからあなたが今バスマットになってると感じ疲れ切っているなら、まだ怒らなくていい、匍匐《ほふく》前進でいいから、その冷たいバスルームから逃げ出すことにだけ集中してほしい。そしてみじめな気持ちや怒り狂う気持ちを認めるのは辛くて苦しい作業だけど、身の安全を確保したら思い切りレミゼラブったり枕を殴りまくったりして心を暴れさせてほしい。そのときどんなにうるさくてみっともなく見えても、月並みで恥ずかしいフレーズだが、あなたは独りじゃないので。

顔

「泣けばこっちのもの」涙を武器にした女の悲惨な末路とは……

今回の釣りタイトルは一話十円とかでレンタルされてるウェブ漫画の広告風にしてみました。凄《すご》いよねあれ、ゲスいと思いつついクリックしたくなってしまう。匠《たくみ》の技。というわけでシリーズ「女と表情」、第三回は喜怒哀楽の「哀」。哀しい川を翔《と》ぶと書いて翔です。ヨロシク。

「だけど涙が出ちゃう。女の子だモン」（知らんヤングはググってくれ）というフレーズがあるように、「女＝すぐ泣く生き物」というのは慣用句かことわざか？っちゅうくらい繰り返し繰り返し聞かされてますね。ヒトにも言われるし、メディアでもばんばか言われる。実際私もよう泣きますけど、この文脈における「涙」「泣くこと」ってすごい厄介モノ扱いで、「泣くから女はダメなんだ」まで言われることも多々ある。多々多々多々多々多々多々くらいあるな。お前はもう死んでいるくらいある。

で、そもそもその「泣かないのがクール」みたいな価値観なんなんすかね？　今回は結論から言っちゃいますけど、女が泣き過ぎてるんじゃない。世界が乾き過ぎてんですよ。おめーらがそうやって人間生来のエモーションを頭ごなしに否定しつつそのくせ「ドラマ」とか「感動」とかは地獄の餓鬼《がき》みたいに欲しがるせいで、なんか情操がヘンな連中ががっぽがっぽ闊歩《かっぽ》しちゃってんじゃないすか。犯罪の被害者叩きとか自己責任論が跋扈《ばっこ》しちゃうのも、根本はこのへんにあると思うわけですよ。「泣いたりわめいたりする奴はうざったい」「マイナス感情をこっちに見せるな」「自分も涙を見せたら負けになる」「でもしおらしくおとなしくうるさくなく哀れっぽくしてたら同情くらいしてやるよ」という、エモの否定。「泣いてもいいけど声をあげないでハラハラ涙を流す感じにキレイに泣いてほしい女子には。鼻水垂らしたりブサイクに顔を歪《ゆが》めて泣くのはNG」みたいなたわけをぬかすアホもおるし。人間誰でも第一声はオギャアと泣いて滂沱《ぼうだ》の涙を流してるわけじゃないすか。WHY SO DRY!?

マイ母は洋の東西を問わずドラマ鑑賞が趣味なのですが、アジアドラマの中では韓国ドラマが一番好きだという。理由を聞くと「女がちゃんと怒るし、男がちゃんと泣くから」と教えてくれた。特に男が泣くのがいいんだと。これは別に私の母ちゃんがビザールな性癖を持っているとかそういう話ではなく、「泣くのは男らしくない！」なんてスカしたりせず、恋愛とか仕事とかの日常茶飯事で男子がわんわん泣き、女子もぎゃんぎゃん泣き、時には鼻の頭にシワ寄せてブチギレるのが痛快なんだそうです。

そもそも王谷家は大脳辺縁系にＶ８エンジンとニトロブースターを積み込んだよう

な人間が多くこの私が「無口」とか「おとなしい」とか言われるレベルのテンションあげぽよ一族なんですけど、言われてみるとヨソの人やテレビの中の人はウチの人らみたいに毎日のようにバカ笑いしたり鬼ギレしたりしてない。全体的にスン……としている。その静かさに憧れたことも正直あったけど、「喜怒哀楽をめったなことでは表に出さないのが日本人のたしなみ」みたいな話を読むとイラッとする。それってつまり空気の読みあい、腹の探りあい文化が深化していくわけで、み〜んなどんどん生きづらくなる。ニッポンの男子のみなさんだってほんとは泣きたい局面いっぱいあるでしょ。こんなクソな世の中なんですもの。でも「女はすぐ泣くｗｗこれだから女はｗｗ」って言っちゃった手前泣けなくなっちゃってんだとしたら、アホくさ過ぎますでしょ。三回回ってごめんなさいして、悲しいとき辛いときは泣けるようにしたほうがいい、男子諸君も。

あと「涙は女の武器」ね。まだ言う人いますね。ダセーけど。でも「抜刀！」とか「担え銃！」みたいな気合で泣いてる女子なんてそうそういないですよ。フツーは、大半は、ただ辛かったり悔しかったり悲しいから涙が出るんです。自然と。それを勝手に武器扱いしてるのは、泣いてる女を見てる側でございましょ。だいたいなんでその波動砲が発射されるのかって、おめーが泣かしたからだろ！　というね。ヒトを泣かせるようなことを言ったりしたりしたくせに、涙の加害者であることを認めず被害者ぶりたい卑怯者が使うフレーズですよ、「涙は女の武器」。多少の良心がある人なら、まず使わない言葉です。
「泣かれると話にならない」「女は泣けば済むと思ってっからな〜〜」というのも正しくない。女が泣いた時点でその話、その議題を「もう論じる必要なし」と勝手に打ち切られてしまってるだけだ。ちょっと目汁が出た程度で大事な話が終わるわけないだろう。済んでない。ぜんぜん済んでないぞ。泣くのは逆給水みたいなもんだ。びゃっと出したらまた走り出すからちくっと待っとけという話である。飾りじゃないのよ涙は。エンドマークでもないのよ涙は。勝手に女の涙を「おわり」の合図にすんな。泣き顔見たり泣き声聞いたりするのが不快だというのなら、そういうことするのが生きてる人間ってもんですのでちゃんと覚えて帰ってくれ。

余談だが、中年になると涙もろくなるというあれ、マジです。マジなんだよ〜こんなんで泣くか？みたいなのでもドバドバ泣く。早めの更年期とかもあるかもしれない。というかだんだん全身のいろんなパッキンが緩みだしあらゆる水分が滲《にじ》み出やすくなるんですよ驚異の小宇宙・人体は。私なんか元からエモい性格をしているので、最近は青汁のCMを見ては泣き、Twitterで回ってくるどうでもいい白ハゲマンガを見ては泣いている。仕事で小説書いててもエモいシーンに差し掛かると書きながら自分で泣いている。しかしこの涙、いわば鼻にコヨリを入れたらクシャミしたみたいなもので、ティッシュ五枚使うくらい泣きに泣いても青汁は買わないし、自分の小説もゲラの段階では冷静に読んでいる。泣くという生理現象を必要以上に重苦しく見られるのもまたイラつくんですよね。足裏のツボを押されたら痛い、くらいの反応のときもある。ちょっと感情がこってるからツボ押すか、みたいな感じで、みんなもっとカジュアルに泣いたらよいのだと思います。

顔

あなたに楽でいてほしい

最後に「楽しい」って思ったの、いつだか覚えてますか。転職情報サイトのキャッチコピーみたいな感じで始めちゃいましたが、シリーズ女子と表情、「喜怒哀楽」のラスト、「楽」についてです。楽しい・HAPPYって感じでしょうか。そういうとみんなでワイワイ集まって騒いで盛り上がって心を開いてウェイSAY YO～みたいなイメージがありますが（中国語の表記も「開心」だったりするし）、楽しみというのは非常にパーソナルで閉じた面もあると思う。「楽しいときの表情」って、実は必ずしも笑顔じゃないじゃないすか。例えば私は「マウスクリックで間違い探しをする」という子供向けの毒にも薬にもならないウェブゲームをやるのが大好きで一日のシメのリラックスタイムは必ずそれで遊んでいるのですが、マウスカチカチさせながらニコニコしているかというと、否なわけです。ハイパー無表情だし、なんなら口も開いてるし、空気の乾燥度合いによっては鼻もほじっている。そんな気の抜けた時間が人生には絶対必要で、というかそういう無表情口ポカ鼻ほじり要素がないと生きていくのは辛すぎる。

そう、「楽」という字にはHAPPYやFUNのほかにRELAXの意味もある。だらけきって、芯から弛緩《しかん》した状態。女子の人生は緊張の連続だ。社会生活をおくるのに必要な最低限の緊張感プラス、犯罪被害や嫌がらせを避けるために警戒したり、女子のほうにより過重にのしかかってくるルッキズムに心身を削られたり、生活環境によっては自宅に居ても子供や家族・義理の家族の相手で気が抜けなかったり。そういう状態から解放されてでろんととろけきる時間を毎日確保できない人も、きっといると思う。想像するだにつれぇ。もしそういう人がこのコラムを読んでてくれているのなら、せめてこの時間だけでも気を緩めて鼻くそをほじっていただきたいと心から思う。

現在自宅作業員として制服は寝巻き、通勤距離は三十センチ（ベッドから椅子までの距離）、昼寝休憩OKというストレスほぼゼロ生活をしているわたくしですが、以前人権意識低めの会社で働いていたときは、プレッシャーとストレスで家に帰っても休日でも寝ているときでも常に無意味に緊張していてひとときも心が休まらなかった。友達や家族に聞くとやっぱりその時期は顔も強張《こわば》ってたし目が死んだサバのようになっていたと言う。辛い仕事や人間関係に苛《さいな》まれているときって、直接その場から離れて一人きりになったとしても常にそのことが頭の中をウロウロしていてうまく弛緩できない。で、またその心の切り替えができない自分を「リラックスするのが下手だ」「オンオフが使い分けられない」とか言って責めてしまうんですよね。いまその状態の人ーー！　それほんと責めることいっこもないから！　苦しいときや悩んでるときにそれが頭から離れないのは当たり前で、「無理やりリラックスする」という矛盾した行為もできなくて当然なのだ。ラクな顔するのもラクじゃないよ。こんな世知辛《せちがら》い世の中ならなおさらだ。

いわゆるリクルートスーツを着るタイプの就活をしたことがないのだが、就活ファッション就活メイクに加え「待ち時間のときも表情に気をつけて。口角を下げていたり眉間にシワはＮＧ」みたいな、無表情でいるときの表情まで指定されているマニュアルもあったりして、この世、生きづらすぎる……と震えてしまった。そんな口角だの眉毛の上がり下がりなんて、生まれつきの話じゃないか。笑顔の強要もやばいけど、「失礼にならない無表情（とはいえ真面目な場でニヤニヤ笑うのはＮＧ）」なんてものがある社会・イズ・もっとやばい。

えんえんとヨタ話を飛ばしてきたこの連載ですが、今回はちょっと真面目な話もしてみたい。女の身体・女の人生を取り巻く日本の社会風潮は、よくなってる部分もあるけどキビしくなっていってるところも大いにあると感じている。楽しさやラクチンさを感じられない日々を過ごしている人も、きっと大勢いる。それを他人には見せないように隠して笑顔で生活している人たちもたくさんいる。そんな中で今日まで生きてきたみんな。えらいぞ。よくぞ生き延びた。こんなクソな社会で女子が一日生き延びる、その生存そのものが最早レジスタンスなんじゃないかと思うんですよあたしゃ。どんなに嫌いな、ヤな女でも、その一点に限って言えば、誰もが同志だわと思っています。

もっと周りの役に立たないと……私がしっかりしないと……自分アカンな……と思って日々頑張っている人も多いと思うんですが、自分の一番身近な人間は自分だから、その人をまず楽しませてあげてほしい。ラクにしてあげよう。それ以外の人のことはまず自分がラクになってからでいいんすよ。そうじゃないといずれ折れちゃうもの。まずは生き延びよう。生存はイケてる。

無理して笑わなくていい、ガンガンに怒っていい、いつでも泣いていい、そしてラクになっていい。喜怒哀楽、どの感情も表情も自分の味方につけて生きていきたいし、可能な限りストレスを減らしだらけきっていたい。何事も願わなければ実現しないので、私はこの世がもっと安心できてダラけて楽しくてエモい世界になることをマジメに願い続けます。魔法のランプを手に入れたら絶対にこれを願うよ。非課税の5000兆円といっしょに。

動

動くな、死ね、反り返れ

突然ですがみなさんは自分が「冬季オリンピック」の存在を知ったの、何歳ごろだか覚えてますか？　アタシは二十歳過ぎてからです。いやマジな話。あと「冬季国体」というものの実在を知ったのは、Twitterのログを確認すると三十七歳の時点ですね。去年や……。（※二〇一九年現在）オリンピックや国体というのはカンカン照りの中で陸上競技のみやってるもんだとばっかり思ってました。冬もある。なるほどね。一応訊くけど春と秋は無いよな？

スポーツに関心がない。自分だけでなく家族も全員スポーツ観戦の趣味がないので、幼いころからスポーツが団欒《だんらん》の話題になったりということがほぼ無かった。十代でホステスしてたときは「あたしぃ、野球のルール知らないんですよぉ」という鉄板の持ちネタで絶大なおじさんウケを誇っていたが（何がウケるかというと、これを言うとおじさんたちは「お前そんなことも知らないのか！　バカ女！」とか言っていい気分で〝オレの野球論〟を延長までして語ってくれるのだ）、そろそろ四十路という現在も、知らない。野球のルール。いろんな野球おじさんに通算三十回くらい説明してもらった記憶があるが、全部右から左で脳をすり抜けていった。案外ね、知らんでも生きてこれる。あとサッカーはまあ分かる。手使ったらダメなんでしょ。それくらいの知識でもキャプテン翼のやおい同人誌は読めたし、何も困ることはなかったのだ。

　スポーツに関心がない以上に、ここまでの文章を読めばうっすらとニオっているかと思うが、スポーツを憎んでいる。いい印象、いい思い出、一切ねえ。百メートル走るのに二十秒以上かかるし、バスケなどの球技では必ずデッドボールを喰らい怪我してたし、徒競走とかさせられるくらいなら灯油でも飲んだほうがマシだとずっと思っていた。高校生にもなると体育祭は堂々とさぼって部室で『覚悟のススメ』読んで昼寝してました。持久力、反射神経、柔軟性、協調性の全てが限りなくゼロに近く、故にチーム制でやるスポーツへの強制参加はそれだけで不当な暴力と受け取っていた。

　そんなこんなで学校を卒業したらスポーツと名の付くものとは一切無縁に過ごしていたんですが、あれね、人間、ある程度身体動かさないと悪くなるのね、体調。いやそういう話を聞いたことはあったんだけど、私に関してはなにか不思議な力で「免責」されるものとばかり思ってたから……根拠なく……。

　というわけで「お前のその肩こり、腰痛、肥満、不眠、胃弱、慢性疲労、その他もろもろの不調は運動不足が原因である」という宣告を多方面から受けてしまったので、仕方なく考えたくもない「運動」のことを考えざるを得なくなってしまった。ああ、日本一クソの役にも立たないコラムを目指していたのにとうとう「健康」が入り込むようになってしまった。アイ・フィール・忸怩《じくじ》。

でも、しょうみな話、本当にしたくないわけ。スポーツ。当然得意な競技もないし、体育会系の部活経験もなし。ジムに行く金もなければ装備もないわけですよ。スニーカーからしてろくなの持ってないからな。サンダルとつっかけとつっかけサンダルだけで一年中過ごしてる。で、金とヒマと装備と体力のない中年のできる運動といったら散歩くらいしかないわけです。仕方ないので最近は一日十分〜三十分、部屋着みたいな適当な格好で近所をぐるっと一周しています。運動のうちに入らんですねこんなもの。

しかし「運動」とは思わず「お散歩」と思ってやると、なかなかにリフレッシュするし、軽く汗ばむ程度に歩くと肩こりや胃もたれがだいぶラクなのだ。悔しい。強制的にパソコンやスマホから離れるため目にもいい気がする。気付いたけど、たぶん、一人で黙々と自分のペースで身体を動かすこと自体はそんなにイヤじゃないのだ。

スポーツ、特に学生の頃に相まみえたスポーツの何が嫌だったって、「連帯責任」。これに尽きる。ちょっとでもミスをしたら勝手に割り振られた同じチームやクラスや教師に白眼視され、そもそものチーム分けの時点で「あいつはいらない」とか「こいつと同じチームになるなんて不幸だ」みたいな蔑視と差別が堂々とまかり通る。学校の体育教育、悪。あれで私と同じようにスポーツ嫌いになった人口は物凄く多いと思う。チームも組ませず競争もさせず競技もやらせず、ただ健康維持としてジョギングやストレッチをさせるだけの授業だったらどれほどよかったか。部活もそう。競技としてのスポーツって、連帯とか上下関係とかチーム／学校／地域／国の成績のためにガンバレ的な、そういうヒトをヒトでなく駒として扱うための予行練習って感じで、どうしても好きになれない。それがシームレスに劣悪な労働環境やモラハラな家庭環境の醸造に繋がってる気がして、支持できない。競技スポーツはやりたい人だけやる方向になんとかならんもんかね。

余談だがそういうわけで相変わらずチーム競技には理解がないので、オリンピックとかワールドカップとかは変わらず嫌いなままである。今からでもいいから東京オリンピック中止しろやと強く願っている。ああいう催しがあるとマイ・フェイバリット・プレイスである近所のほぼ民家の三和土《たたき》みたいなド場末酒場すら連日スポーツスポーツの連続で客が老いも若きもちっちゃいテレビを見て大騒ぎしやがるので、落ち着いて酒が飲めないのである。一日の終わりのラグジュアリータイムを邪魔される恨みはでかい。

私のこの競技スポーツ嫌いを変える方法があるとしたら、それは一つしかない。何かのスポーツを題材にした漫画とか映画にドはまりすることだ。それもやおい同人誌を出したくなるレベルではまれば、おそらく半年でルールどころか選手名鑑や過去の試合記録なども丸暗記するだろう。なので実は常に「今回はハマってしまうかもしれない……」とドキドキしながらスポーツものの映画を観に行ったりしているのだが、いまのところ運命の出会いは起こっていない。スポーツが嫌いと言いながら、でも心の奥底では運命を狂わされるほどの激しい出会いを求めている……やおい心はアンビバレンツ。というわけでイイ感じにくたびれた美オヤジ選手と若手の美青年選手がイチャイチャしてるようなスポーツものがあったら、ぜひ教えてください（編集部経由で）。

5年経って……

スポーツジムには通うようになったが、野球のルールはいまだに分かりません。

眠

眠れる森の事情

日本、世界的に見ても子供・大人問わず睡眠時間が短い国らしい。特に女性の睡眠時間が少ないそうで、つまり仕事をしたうえで家事までこなさなあかんので寝ているヒマがないということなのだ。辛い。独身でも長時間労働やバイト+学業でキリキリ舞いで寝る暇のない人は多い。女子はそれプラス化粧する／化粧落とすでさらに一日十〜三十分くらいは睡眠時間が削られている。キツい。しかし今現在、私はそのキツさを一切味わわずに生きている。この点だけはほんとうに世間様に申し訳ねえと思ってしまう。しかし一応事情はあるのだ。

この出版不況の中、業種に関わらず文筆業者は勤め人との兼業をしている人のほうがたぶん多いと思うけど、私は専業である。儲かってるからではない。毎日決まった時間に起きるということができないからだ。

寝付きが悪く、一度に四時間以上まとめて寝られることがめったに無く、しかも一回起きちゃうと二度寝に入るのにも時間がかかる。眠気が来る時間帯もまちまち。つまり学校行ったり会社に行ったりするのが壊滅的に向いてない体質をしておるわけです。それでも無理やりバイトや派遣で勤め人をしていた時期もあったけれど、何をやってても一年くらいで体調を崩してしまうため、どこも長続きしなかった。一度に四時間しか眠れないけどそれでOKといういわゆるショートスリーパータイプではなく、最低でも六時間は寝ないと調子が悪い。なので自宅自営業の現在は二十四時間の内で三〜四時間睡眠を二回とることで難なく暮らせているけど、これは普通のフルタイム勤務で働いてたら絶対無理な眠り方。ゆえに、もうこの仕事以外やれる仕事がないのだ。歯を食いしばり、頭《こうべ》を垂れ、自責の念に押し潰されそうになりながら、今は好きなときに好きなだけ寝ている。春先から初夏にかけての季節なんかは特に昼寝が最高ですね。

しかしこの難儀な体質が、私だけに降り掛かっているとは思えない。きっと同じようにまとめて寝られない人、毎朝決まった時間に起きて通勤／通学等することができない人、辛くてしゃあない人もたくさんいるに違いない。ていうかそもそも、人類みんなが同じタイムテーブルで動けるわけがないじゃないすか。なのに大勢の人がだいたいみんなと同じ時間に、同じ行動をしている／させられている。

二十世紀ならしょうがなかったかもしれない。ほとんどの業種が、物理的に身体を現地に移動させないと何も出来ない時代だった。でも今はスマホも含めるとほぼインフラ状態でインターネットが身近になってるのにさあ。在宅業務、在宅学習、なんでもっと広まってないんじゃいと常に疑問に感じている。身体を使う仕事でも、連絡やホウレンソウは端末でやって現場に直行直帰がデフォルトになればかなりストレスが減ると思う。通勤通学なし、フレックス、家で仕事、家で勉強、自分のペースで休憩、最高じゃないすか。あとカイシャとかガッコウにおけるトラブル、「他人と同じ空間にいる」のが起因であることが八割くらいだと思ってるので、もっといろんなことがリモートになればＱＯＬも幸福度も急上昇するはずですよ。「他人と一緒に過ごしたい」って積極的に思ってる人なんて、たぶん実際は少数派ですって絶対。

こういう話をすると決まって「甘えるな」「他の人はそれでも頑張ってるんだぞ」的なありがたぁいお話を拝聴するはめになるのだが、自分に甘くて何が悪いのかサッパリ分からん。人生一回こっきりしかないんだぞ。俺は俺に萩の月（仙台銘菓）や白松がモナカ（仙台銘菓）よりスウィートに甘く甘く接してやりたい。世界がどんなに激辛でも、私だけは私を甘やかしてあげたい。自分にキビしくし続けて、そんで明日死んじゃったらどうするんすか。キビし損やんけ。もっとみんながスウィートに甘ったれて好きなときに好きなように惰眠をむさぼって、それでも社会が回って食ってけるような世の中に、なんでなってないんだ。二十一世紀。お前にはがっかりだよ。やっぱり革命しかないのか。睡眠革命。みんなで寝る。全てを放り出し、何もかもサボって寝る。当然尊い無血革命だが、革命が行われていることがわかりにくいというデメリットがある。

まあしかし冗談抜きで、人間食わないと死ぬのと同じくらい寝ないと死ぬわけで、もっと「寝やすい暮らし」にフォーカスして社会が設計されててもいいと思うんすよね。趣味としての食べ歩きが市民権を得ているのに、「休日何してるの？」に「寝てます」と答えると無趣味無気力のツマラン奴扱いされるのも納得いかねえ。食べ歩きがインスタや食べログによって趣味としてのグレードを上げていったように、睡眠もそういう、寝ログとか映《ば》える寝具なんかをフィーチャーしたら趣味として認知されるようになるんだろうか？

いや、なんかそれもヤだな。眠りは人間に許された最後の牙城《がじょう》。自由の砦《とりで》。対外的にアピールしたところで睡眠の質は上がらない。睡眠道は孤独な道なのだ。どんなに辛いことがあっても、寝ているときだけは逃げられる。一人でいられる。忘れられる。自意識から解放されて無になれるのが睡眠の一番素晴らしいところ。よく休日に「寝て終わってしまった。自分はなんてだらしなくてダメなやつなんだ」と嘆いているひとの呟きを見ますが、ぜんぜんだらしなくないしダメじゃないぞ！　逆にこの世に睡眠以上に優先すべきものなんてほとんどないですよ。肉体の求めるまま、時間が許す限り、みんなもっとじゃんじゃん寝よう。そしてあなたの睡眠を邪魔する全てを敵と認定しよう。

余談だがこの十年くらい、寝間着と部屋着を着分けなくなってしまっている。ダルダルのTシャツとダルダルの花柄ステテコで寝て、起きて、仕事して、まあ近所のスーパーとか散歩くらいならそのままで行ってしまう。今住んでる街（いちおう東京二十三区内ではあるが歩いて埼玉に行ける界隈）がそういうユルさやだらしなさを許容してくれる雰囲気なのだ。引っ越してきた当初はどう見てもパジャマみたいな格好で出歩いているおっさんおばはんがよく目に付き、あんまりガラのいい土地ではないな……と思ったものだが、なんのことはない自分がそのガラの悪い風景のひとつになってしまった。で、なってみると分かるけど、これ、めちゃくちゃラク。ハンパない。もうスーツとかオフィスカジュアルもやめよう。みんなステテコで生きよう。世界惰眠・ステテコ革命だ。立ち上がれ万国の睡眠不足よ。あ、いや立たなくていいです。寝といて寝といて。

5年経って……

新型コロナウイルスの流行により日本でもリモートワークが増え、それでも仕事は回るということが証明された。このままリモートできる人はそれがメインになればいいのになあ。

心

乙女心とマジのレス

乙女心、というフレーズと長年仲違いをしていた。私にとってその言葉は、否応なしにヘテロセクシャルのイメージがついて回っていたからだ。

私はお花が、レースが、ちっちゃい動物が、スイーツが、フリルが、リボンが、ラメが、ハート模様が、ジュエリーが、パステルカラーが、好きだ。超・乙女趣味。けれど、その自分の嗜《し》好《こう》を受け入れられるようになったのは成人してからである。女児向けのアニメも少女漫画もほぼ摂取しないで大人になった。少女漫画の女の子たちはキラキラしててふわふわのお洋服着ててすごく可愛い。でもどうしていつもよく分からない「男の子」とセットになっているのだ？　なんでどんなに個性的で綺麗な女の子でもその最終目的地につまんねー男の子とのつまんなそーな暮らしが設定されているのか？　それぜんぜん魅力的じゃなくない？　そこ、つまりヒーローとの結婚や恋愛に向かって進んでいくヒロインたちは、自ら全力で牢屋に入るために頑張っているように思えて、女子向けコンテンツが楽しめなかったのだ。

「男の子と女の子」の組合せが、物心つくかつかないかの頃から、すごーく苦手だった。間違いなく画期的な女子連帯物語だったセーラームーンですら、タキシード仮面やそのほかセーラー戦士たちとセットに置かれている男子たちの存在が納得いかなくて、ハマれなかった。

そして、キラキラふわふわと同じくらい巨大ロボット生命体のトランスフォーマーたちや超能力や武術で戦うフィクションの男の子たちが好きだったけれど、そっちもそっちでかっこいい男の子によく分からない女の子がセットとして描かれているのがイヤだった。だいたいの物語は、男の子と女の子がくっつくとそこで冒険が終わってしまう。それがなければ最高なのに、どうして少女漫画も少年漫画も余計な男の子／女の子が入り込んでくるんだ。どうして綺麗で素敵な女の子の世界につまらん男の子が入り込んでくるのか、かっこいい男の子の世界に場違いなふわふわの女の子が入り込んでくるのか。そんなアニメや漫画ばっかりなのが、マジで納得いかなかった。

その後基本的に男の子しか出てこないBLという存在に出会ったときは、心底救われたような気持ちになった。恋愛物語もBLなら素直に感動することができた。とにかく男女が席を同じゅうするコンテンツが苦手だった。

これが自分の、レズビアンというセクシャリティと関係があるのかどうなのか実はよく分からない。ヘテロ自認の人から同じような話を聞いたことが何回もあるからだ。

とにかく「男女がくっつく」イコール「物語がつまらなくなる」という強固な思い込み、刷り込みから抜け出るのには苦労した。そうじゃない作品もまあまあああるのを知ったのは、田舎を出ていろんな映画や本や漫画を摂取できるようになってからだ。

そして「乙女心」イコール「男の気を惹くことを主目的、またはバックグラウンドにした趣味嗜好」という思い込みを捨てるのにも時間がかかった。きっかけはいろいろあったけれど、中でもお姫様みたいな格好をして「は？　男ウケとかいらんし！」と宣言するロリィタの人たちの登場は衝撃的だった。ロリィタブームの頃、私はいわゆる女性らしい服装をするのが最も苦手な時期だったので自らドレスを纏《まと》うことはしなかったけれど、お花とレースとロココとゴシックとロマンを愛しても、男ウケとかいらねー！って言っていいんだ……という彼女たちのパンクでまっとうなアティチュードには凄く励まされた。

乙女心というのはその名の通り乙女の心なのであって、それをどう使うかは持つ乙女の裁量に任せられている。王子様をゲットするのに使ったっていいし、自分だけを充足させるために使ってもいい。自分の中に大事にしまいこんで誰にも見せなくたっていいし、常に出しっぱなしでもいい。入れたり出したりしてもいい。今現在の私は、自分の乙女心を肩に乗せて一緒にNetflixのロマコメ映画を観たり、花模様のレースのワンピースを買うとき背中を押してもらったり、またはバッグの奥底でじっとしててもらいつつ小汚いホルモン屋でひとりバイスサワーを飲んだりしている。

余談だが、男女席同じゅうしまくるヘテロセクシャルラブロマンス系の物語を摂取できるようになったのは、海外の映画やドラマを観るようになってからである。これは「国産のホラーは本気で怖いけど海外ホラーは平気で観られる」と似た感じのアレな気がする。国産、つまり自分になじみのある背景でなじみのある人種がなじみのある言語で演じているホラーはあまりに生々しくてマジの本気でビビリ倒してしまうが、カリフォルニアの青い空を背景に金髪のチアリーダーやマッチョなフットボール選手が殺人鬼に追いかけられるような話だと私と作品の間に距離感が生まれ、それがワンクッションとなりほどほどな怖さで鑑賞できる。ロマンスものも同じだ。日本の男女がいちゃいちゃしている絵面を見るとどうしても「やめとけやめとけ、このタイプは同居したら家事全部女に押し付けてくるぞ」「いやいやいや避妊しろ避妊を！」「学生の都内一人暮らしで2LDKはないやろ」とかフィクションに対して野暮な突っ込みばかりが脳内で自動生成されてしまい、集中できないのだ。あと海外ドラマや映画のロマンスの女子主人公は、物理的にも強そうで大人っぽいのがよかった。女子高生という設定でも特濃メイクに革ジャンとか着てて、車やバイクの免許も持ってて頼もしい。恋をすると女の子が弱く、大人しく、友達も無視して、フツーな感じになってしまう恋愛ものの描写が嫌いだっただけで、そうでなければ男女カップルだって楽しく観られる。

映画館で映画を見ると、邦画の予告編をたくさん見る。学生の女の子と男の子が恋愛する学生向けの映画がいっぱいある。変わんねえな〜と思うけど、でも今のヤングな子は自分に合ったコンテンツを自分でさくさく探して摂取できるはずだから、そこはいい時代になったなと思う。全世界の、男の子いらない派の乙女心の持ち主に幸あれ。

二〇一九年カラダの旅　あとがきにかえて

この文章を書いている今は二〇一九年。映画『マトリックス』公開から二十年、『アバター』からは十年経った。らしい。マジかよ。それに気付いた時あまりの光陰スピードスターぶりにウシガエルのような呻《うめ》き声が出てしまった。どちらも未来の世界と技術を描いたSF映画だが、作中の「バーチャル空間での生活」「違う肉体に自分の意識を移し替えての生活」は、昨今のVR技術でわりと近いところまで実現するようになったと思う。かつてのSF、今の現実。人類はとうとう実態のある肉体という枷《かせ》から解き放たれ、マインドと思考だけの純粋存在としてサイバースペースを飛び回る電子の妖精となることに成功——とまでは、まあ、なってないんですよね。VRゴーグルを外せば（いや着けていても）そこには漫然と自分の肉体があり、他人の肉体もある。バーチャル空間で満漢全席をたいらげても肉体の腹は満たされず、世界のどこの景色にジャック・インしても身体は移動しない。

肉体、めんどくせえな……と常々思っている。肉体がある限り肩コリは治らないし二日酔いにはなるし痔《じ》もつらい。風呂をさぼれば異臭を発するしサイズに合わせて定期的に服とか靴を買わないと外出もできない。その上このただのガワのフォルムの良し悪しや機能性を他人や社会に勝手に品評されジャッジされ、それによって生きやすくなったり生きづらくなったりしてしまう。めんどくさーい。超めんどい。いっそそれこそ昔のSFによくあった培養液の中にプカプカ浮かぶ脳髄みたいな存在になって、大脳にインターネットを直結して「そこ」で暮らしたい。そしたら家賃も培養液代（ってどんくらいだ?）とプロバイダ料金くらいでおさまるだろうし、Netflix や Hulu あたりを日がなぶらぶらして海外ドラマざんまいの日々を送りつつ、たまに Word を立ち上げて原稿書いてメールで送れば仕事もできる。バカンスしたくなったら Instagram にログインし他人のキラキラ旅行写真を浴びながらスタバのラテでリラックス。「意識」しかない存在なので見た目の良し悪しをどうこう言われないし、好きなアバターを選んで好きなルックスで過ごすこともできるだろう。いいなあ脳髄プカプカ、インターネット直結生活。

だがしかし、今のところ、私の意識はいかんともしがたく生まれ持ったこの肉体の中だけに入っている。寿命的にもそろそろ折り返し地点に差し掛かり、夢のプカプカ生活を生きている間に迎えられるかどうかも分からない。だから肉体のある、めんどくさい人生について考え続けないといけない。そういう思いもあって、このコラムの連載を始めた。

一連の原稿を書いていて、カラダ、特に女のカラダにまつわる面倒事はかなりルッキズムが絡んでいるのを改めて感じた。ルッキズムというのは、簡単に言うと外見至上主義というか、美しいかそうでないか、「○○らしい」かそうでないかで扱いや印象に差を付ける外見差別のことを指す。

外見ちゅうのは、褒《ほ》められても地獄、貶《けな》されても地獄だ。貶されるのは当然ストレートに嫌な気持ちになるが、褒め言葉もそれがシンプルな称賛に収まっている場合はまれで、気色悪い下心を含んだ褒め言葉や差別的、蔑視的な褒め言葉というのもいくらでもある。ルックスのいい友達たちがその良さゆえにウンザリするような嫌がらせや暴力に遭《あ》っているのも何度も見聞きしているので、「美人は人生イージーモード」なんてことも口が裂けても言えないし思えない。そんな美貌の友達のうちの一人は「四十過ぎてやっと周囲にただの人間、空気みたいな存在扱いされるようになって、とってもラク。人生が明るくなった」とにこにこしている。この笑顔を四十過ぎるまで彼女の人生から奪っていた連中共に、百万トンの鉄槌を喰らわせたい。

ここで「歳をとるのは怖くないわよ！　むしろいらねえ色目使われることが減って超ハッピー☆　若い肉体目当てのウンコ人間も寄ってこなくなるし、オバサンになったほうが人生楽しいぜ☆」と言うのは簡単だ。実際のところ、実感としてはマジでそうなんだけど、そもそも若くてピチピチして膝や腰も痛くなくて手元の字もよく見えるのに人生がつらいと感じてしまう社会のほうが間違っている。おばはんがハッピーなら、ヤングだってもっとハッピーでフリーダムでしかるべきなのだ。歳をとる、つまりそこまでサバイバルして生き延びないとルッキズムやハラスメントから解放されないなんて、あんまりじゃないか。

じゃどうすりゃいいのか。女子がルッキズムやセクハラや性暴力を受けずに好きなときに好きな格好をしてゆりかごから墓場まで人生をエンジョイするには何をすればいいのか？　今からジムに入会して腹筋を割り必殺仕置人に転職してセクハラする奴や性犯罪者を片っ端から血祭りにあげ見せしめとして新宿アルタ前に吊るすか。パソコン教室に通ってハッキング技術を学び電波ジャックして日本中に演説をぶつか。それもいいけど効率が悪いし手間がやばい。手間のわりにはたぶん効果もそんなにない。殺人と犯罪と習い事以外の手法で社会を変えるっきゃない。

私に出来ることはものを書いて、それを口八丁手八丁で出版社に売り込んで本を出させることだ。そうしてこの文章は今、あなたの目に届いている。こんな本を手にとってくれるくらいだから、きっとヒトの肉体にまつわる面倒やしんどさに興味や理解がある御仁《ごじん》とお見受けする。そんなできたお方にわざわざこんなことを言うのは釈迦に説法かもしれないが、改めて書いておきたい。

他人の顔や身体を頼まれもしないのに勝手に品評してはいけない。褒め言葉だろうが貶し言葉だろうが、他人の身体の外見や機能についての「感想」をみだりに口にするべきではない。その人の肉体はその人のもの。あなたの肉体もあなただけのもの。他の誰も勝手に触ったり話のネタにする権利はない。誰かが誰かの外見や身体を「いじって」笑いを取ろうとしたら、そんなもんはちっとも笑えねえと態度で伝えよう。子供産まないの?とかダイエットしたら?とか、他人の身体の使いみちを雑にアドバイスするのは、クソリプ以外の何物でもないと心得よ。

セクハラ、パワハラ、性犯罪、つまり他人の身体や人権を侵害する行為について、毎日毎日、嫌なニュースばかり耳にする。でも反面、昔よりかなりマシになったなあと思う場面にも出会う。男性でもハラスメントや性被害について茶化さず真剣に考える人は確実に増えたと感じるし、上の世代からの結婚しろ子供産め攻撃も過去に比べればだいぶやんわりしてきた。人みな、どこかへ行く途中。人類常に過渡期。現代はいろんなことが変化していっている途中なのだと思う。

でも、「いずれもっとマシになるから」と思ったところで、今、ナウがつらい人には何の意味もない。だから、まず自分の言動と行動に注意して、世の中からルッキズムとハラスメントをプチプチを潰すように日々殲滅《せんめつ》していくしかない。初手は自分の認識から変えていくしかない。

この連載を始めたときから今この瞬間まで、私もいろいろあったし、考えが変わったり追加したり削《そ》ぎ落としたりした部分がある。単行本化作業にあたって読み返すと、たかが一年とか半年前の原稿なのに今の私から見るとやべえこと書いてるなと思うポイントもいっぱいあった（直した）。人みな、どこかへ行く途中。人類常に過渡期。今書いているこの文章も、半年もすればハァ？　みたいな部分が出てくるに違いない。

コラムや随筆には何百年も読まれ続ける永遠の名作がたくさんあるけれど、鯖《さば》なみに足の早いものもある。たぶんこの本はそっちだ。というか、そうなってほしい。早くここに書かれていることなんて古い、手垢《てあか》のついた考えだと言われ、未来のハッピーなギャルに「セクハラとか差別とかそんなにあったとかまじっすか。ヤバい時代だったんすねー」と呆れられたい。

いきなり卑近な話で恐縮だが、私は一人っ子である。そしてアラフォーである。自分の肉体はもとより、老いていく両親の肉体をどう考えるかというターンに来ている。独身一人っ子にとって「親の老い」というのはシラフで口に出すのを避けたいくらいハードな議題であり、軽く流すことは不可能。本腰を入れて考えるためには大五郎（焼酎）の一番でかいやつが三つくらい欲しくなる。同世代の一人っ子友達と飲むと、絶対その方面には話が流れないように無意識レベルで話題をお互い調整しているのがなんとなく分かってしまう。一人っ子会においては「後期高齢者」「介護保険」「老人ホーム」などのワードはピー音が入るレベルの禁句。いや、マジメに考えなきゃいけないのも分かってはいるんですが……。いっそおかんもおとんも私も仲良く培養液でプカプカできたら世話はないのにと思うこともある。この国の福祉にもなんも明るい未来や希望のあるビジョンが持てないし、超出版不況の日本で愚かにも文筆業などという職業に就いてしまったので一生貧乏確定だし、あたしはこれからどうしたらいいんでしょうね……と日光連山（実家は栃木）に向かってぼやいたことも一度や二度ではない。両親は「自分の始末は自分でつけるから」とか言ってはいるが、そんなスッキリかっこよく行くわきゃないのは、祖父母の晩年を見て知っている。

どんなカラダも最後は老いて、それから死ぬ。だんだん暗い話になってきたが、ザッツ現実。人間の肉体の使用期限は長くても百年くらいだ。どんな人にも老いだけは平等にやってくる。そしてこの世はまた、老いた肉体にもあんまり優しくない。都市部でも地方でもバリアフリーが行き届いているとは言えず、クソバカ高い税金や保険料をぶんどっておきながら福祉にはぜんぜん期待できない。身体のことって、結局は社会のことだ。そこに繋がる。繋がりたくなくても、肉体を保持している限り、人間は社会と無縁ではいられない。

「社会を変える」なんて言うと、大げさで上から目線でお花畑で綺麗事の理想論で意識高い上《うわ》っ面《つら》話だと思われることが多い。でも、変えてかないと、私とか、私の家族とか、友達とか、好きな人とか、あと嫌いな奴だって、みんな生きづらい世の中だったな百年も生きられないのに、棺桶《かんおけ》に入る瞬間まで「ああ、生きづらい世の中だったなあ」と思って死ぬのは嫌だ。だからいくら鼻で笑われても、差別をやめようとか、外見をいじるなとか、ナントカらしさを押し付けるなとか、福祉にもっと金回せやボケとか、給料あげろとか、そういうことを言い続けたい。言い続けねば生きていけない。

私は「今どき専業の作家さんって珍しいですね」「えっ、部数それくらいなんですか」「よく専業でやれてますね……」と編集者からハトヤ三段逆スライド方式で唖然《あぜん》とされるほどに売れてない作家なので、世の中への影響力なんて畳のへりに埋まった爪楊枝ほども無いと思う。しかし本書の担当、河出書房新社の編集S氏は初顔合わせのとき「王谷さん、一緒に社会に火炎瓶を投げましょう」と物騒な提案をしてくれた。砲丸投げ八十センチという驚異の記録を叩き出したことのある私でも、文章の火炎瓶ならバスケのスリーポイントシュートくらいには飛ばせる。一人でも二人でも、この火炎瓶が誰かのハートに火を着けられたら、嬉しい。それが私のやりたいことで、やれることだ。

別にこの本が何かのオピニオンになったり教科書的な側面があるとか言いたいわけではない（無いし）。でも、今、カラダを持って生きることのめんどくささにへこんだり、ただ生活してるだけなのになんでこんなにしんどいんだと思っている人が読んで、ちょっとでも、へへッと笑ってもらえるような一冊になっていたらいい。そう思っていっぱいいろいろ書いた。

本編にも書いたけど、こんな世の中で、女子が一人一日生き延びるだけでそれはもう立派なレジスタンスなのだ。そのレジスタンスのお手伝いができたらもう私的には八割満足です（あとの二割は重版が百回くらいかかってくれたら満たされます）。

めんどくさいことやへこむことに晒《さら》され続けていると、生きるのをやめたくなってしまう夜もある。私もある。というか鬱《うつ》病の既往があり今も寛解状態なので、だいたい常にうっすら死にたい。でも、当たり前だけど死んじゃったらそこまでだ。とりあえず今日一日生き延びよう。日付を越えよう。明日のことは明日になったら考えよう。あなたが頑張れない日は、私が頑張ってちょっとでも世の中をいい塩梅《あんばい》にしていくためにウゴウゴする。私が頑張れない日は、他の誰かがそうするだろう。生きよう。理由なんてなんでもいい。

この本がどれくらいの寿命をもって市場に出回るのか、現時点ではぜんぜん分からない。出版はバクチである。もし来年、または五年後、または十年後、それ以降にこの本を古本とか電子書籍とかで手にしたあなた。どうっすか、世界。ちょっとはマシになってますか。あなたはしんどくないですか。周りの人はどうですか。お元気ですか。ご飯おいしく食べられてますか。寝るとき寒くないですか。もしそこがグッドな世界になっていたら、この本はトイレかなんかで暇つぶしに読んでほしい。もしまだダメダメな世界で、そしてまだ私も元気で現役だったら、てめーでかい口叩いといてぜんぜんダメじゃねえかもっとマシな本書けやタコと、メッセージを送ってやってください（河出書房新社経由で）。

最後に、初めての週刊連載&コラム本を出す人間のテンパった仕事ぶりを冷静にハンドリングしてくれた担当S氏、何度か話のネタに使わせてもらった両親&友人たち&猫、連載時に引き続き素敵な女体を描いてくださったイラストレーターの池田明久実さん、デザイナーの佐藤亜沙美さん。そして日々衰えと老いを感じながら今日まで共に歩んできた私のカラダに感謝しつつ締めたい。

それではみなさん、よい肉体を。

文庫版あとがき

この文章を書いている今は二〇二三年。私は四十二歳になり、高血圧その他もろもろの病状を抱え定期的に病院に通いつつ、スポーツジムに通って筋トレや有酸素運動を粛々とこなす不健康で健康な中年になった。二〇一八年に書いたこのエッセイを文庫化にあたって改めて読み返し、今ならこうは言わないな……とかギャグが寒過ぎるな……という部分を冷や汗をかきながら削ったが、途中から、そうやって過去の恥を隠蔽しようとするのも卑怯かなと思い、結局、単行本版とあまり相違のない文庫化となった。二〇一八年の私はこういう人間だったのだ。しゃあない。いくつかの章の末尾には現在の視点から短いコメントを入れさせてもらった。

たった五年程度前の文章だが、何か知らないがこの頃の私、元気を持て余していたような雰囲気だ。専業作家として独立したばっかりだったし、初めての記名コラム連載だったし、なんとかして爪痕を残そうとした涙ぐましい努力が見える。

五年経って、カラダを取り巻く世界は変わっただろうか。いい方向に進んだこともあれば、悪い方向に進んだり後退したりしたものもある。自由の国と思っていたアメリカで中絶の権利が脅かされたり、日本で同性婚や性的少数者への差別禁止の法制化がいまだに実現しなかったり、マイノリティの救いになる一面を愛していたSNSであらゆる種類の差別発言がこうまで吹き荒れるようになったりするとは思っていなかった。もう少し楽観視していた。この先のことも正直、希望より不安のほうが多い。五年前でもじゅうぶん不景気で不穏な国だったが、その暗さはそのまま速度を緩めず増大している。

それでも、とりあえず、私も、これを今読んでくださっている人も、生きている。生き延びること、それそのものがレジスタンスだという気持ちは変わっていない。私たちは抵抗している。その抵抗の日々の気休めに、この本が少しでも役に立てたら嬉しい。いつか本当に、この中に書かれている怒りや不満が完全に過去の遺物となる日を願って。

本書は、二〇一九年七月に弊社より刊行した単行本『どうせカラダが目当てでしょ』を、改題・加筆の上、文庫化したものです。

カラダは私《わたし》の何《なん》なんだ？

二〇二三年 七 月一〇日 初版印刷
二〇二三年 七 月二〇日 初版発行

著 者 王谷晶《おうたにあきら》
発行者 小野寺優
発行所 株式会社河出書房新社
〒一五一－〇〇五一
東京都渋谷区千駄ヶ谷二－三二－二
電話〇三－三四〇四－八六一一（編集）
〇三－三四〇四－一二〇一（営業）
https://www.kawade.co.jp/

ロゴ・表紙デザイン 粟津潔
本文フォーマット 佐々木暁
本文組版 KAWADE DTP WORKS
印刷・製本 中央精版印刷株式会社

Printed in Japan ISBN978-4-309-41977-0

ふる

西加奈子　41412-6

池井戸花しす、二八歳。職業はＡＶのモザイクがけ。誰にも嫌われない「癒し」の存在であることに、こっそり全力をそそぐ毎日。だがそんな彼女に訪れる変化とは。日常の奇跡を祝福する「いのち」の物語。

ドレス

藤野可織　41745-5

美しい骨格標本、コートの下の甲冑……ミステリアスなモチーフと不穏なムードで描かれる、女性にまといつく“決めつけ”や“締めつけ”との静かなるバトル。わかりあえなさの先を指し示す格別の８短編。

消滅世界

村田沙耶香　41621-2

人工授精で、子供を産むことが常識となった世界。夫婦間の性行為は「近親相姦」とタブー視され、やがて世界から「セックス」も「家族」も消えていく……日本の未来を予言する芥川賞作家の圧倒的衝撃作。

改良

遠野遥　41862-9

女になりたいのではない、「私」でありたい——ゆるやかな絶望を生きる男が人生で唯一望んだのは、美しくなることだった。平成生まれ初の芥川賞作家、鮮烈のデビュー作。第56回文藝賞受賞作。

異性

角田光代／穂村弘　41326-6

好きだから許せる？　好きだけど許せない⁉　男と女は互いにひかれあいながら、どうしてわかりあえないのか。カクちゃん＆ほむほむが、男と女についてとことん考えた、恋愛考察エッセイ。

夫婦という病

岡田尊司　41594-9

長年「家族」を見つめてきた精神科医が最前線の治療現場から贈る、結婚を人生の墓場にしないための傷んだ愛の処方箋。衝撃のベストセラー『母という病』著者渾身の書き下ろし話題作をついに文庫化。

スカートの下の劇場

上野千鶴子　41681-6

なぜ性器を隠すのか？　女はいかなる基準でパンティを選ぶのか？——女と男の非対称性に深く立ち入って、下着を通したセクシュアリティの文明史をあざやかに描ききり、大反響を呼んだ名著。新装版。

女の子は本当にピンクが好きなのか

堀越英美　41713-4

どうしてピンクを好きになる女の子が多いのか？　一方で「女の子＝ピンク」に居心地の悪さを感じるのはなぜ？　子供服から映画まで国内外の女児文化を徹底的に洗いだし、ピンクへの思いこみをときほぐす。

奥さまは愛国

北原みのり／朴順梨　41734-9

愛国思想を持ち、活動に加わる女性が激増している。彼女たちの動機は何か、社会に何を望み、何を守ろうとしているのか？　フェミニストと元在日韓国人三世が、愛国女性たちの現場を訪ね、その実相に迫る。

ボクたちのBL論

サンキュータツオ／春日太一　41648-9

ＢＬ愛好家サンキュータツオがＢＬと縁遠い男春日太一にＢＬの魅力を徹底講義！『俺たちのＢＬ論』を改題し、『ゴッドファーザー』から『おっさんずラブ』、百合まで論じる文庫特別編を加えた決定版！

選んだ孤独はよい孤独

山内マリコ　41845-2

地元から出ないアラサー、女子が怖い高校生、仕事が出来ないあの先輩……“男らしさ”に馴染めない男たちの生きづらさに寄り添った、切なさとおかしみと共感に満ちた作品集。

あなたのことが知りたくて

チョ・ナムジュ／松田青子／デュナ／西加奈子／ハン・ガン／深緑野分／イ・ラン／小山田浩子 他　46756-6

ベストセラー『82年生まれ、キム・ジヨン』のチョ・ナムジュによる、夫と別れたママ友同士の愛と連帯を描いた「離婚の妖精」をはじめ、人気作家12名の短編小説が勢ぞろい！

ナチュラル・ウーマン

松浦理英子 40847-7

「私、あなたを抱きしめた時、生まれて初めて自分が女だと感じたの」――二人の女性の至純の愛と実験的な性を描いた異色の傑作が、待望の新装版で甦る。

親指Pの修業時代　上

松浦理英子 40792-0

無邪気で平凡な女子大生、一実。眠りから目覚めると彼女の右足の親指はペニスになっていた。驚くべき奇想とユーモラスな語り口でベストセラーとなった衝撃の作品が待望の新装版に！

親指Pの修業時代　下

松浦理英子 40793-7

性的に特殊な事情を持つ人々が集まる見せ物一座“フラワー・ショー”に参加した一実。果して親指Pの行く末は？　文学とセクシャリティの関係を変えた決定的名作が待望の新装版に！

なにかが首のまわりに

C・N・アディーチェ　くぼたのぞみ〔訳〕 46498-5

異なる文化に育った男女の心の揺れを瑞々しく描く表題作のほか、文化、歴史、性差のギャップを絶妙な筆致で捉え、世界が注目する天性のストーリーテラーによる12の魅力的物語。

アメリカーナ　上

チママンダ・ンゴズィ・アディーチェ　くぼたのぞみ〔訳〕 46703-0

高校時代に永遠の愛を誓ったイフェメルとオビンゼ。米国留学を目指す二人の前に、現実の壁が立ちはだかる。世界を魅了する作家による、三大陸大河ロマン。全米批評家協会賞受賞。

アメリカーナ　下

チママンダ・ンゴズィ・アディーチェ　くぼたのぞみ〔訳〕 46704-7

アメリカに渡ったイフェメルは、失意の日々を乗り越えて人種問題を扱う先鋭的なブログの書き手として注目を集める。帰郷したオビンゼは巨万の富を得て幸せな家庭を築く。波瀾万丈の物語。